# 九十八歳になった私

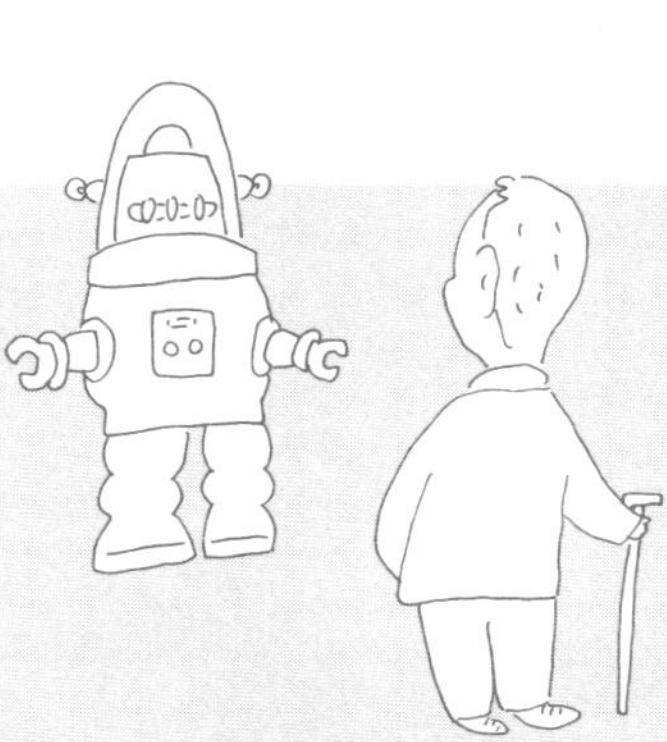

橋本治

講談社

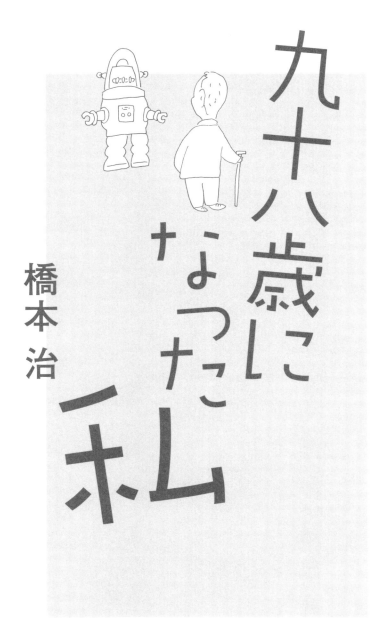

# 九十八歳になった私　目次

装幀　坂川栄治＋鳴田小夜子
（坂川事務所）
装画　風間勇人

# 九十八歳になった私

# 九十八歳になる私

昔のＳＦ映画で、ロボットが起動させられると、まずザーッという乱れた白黒画面が現れて、その後に外側の風景画像が映るようになっていた。ロボットはそういう風に目を開けていたが、今にして思えばあれはリアルだ。

（ああ、くたびれた）

目が覚めて、しばらくはなにも分からない。なにかに気がついて、「なにに気がついたんだ？」と思って、やっと、「自分は今日もまた生きている」ということに、気づいたんだということに気づく。もう覚えてはいないが、きっと昨日も同じようなもんだったんだろう。

あー、思い出した。

毎朝起きると、ロボットになっている。

（「気がつく」が多いか？　多いんだろうな、年寄りだからな。一度進むと、後戻りは出来な

い）

年を取るのはめんどくさい。「今日もまた生きている」とだけ書いてある日めくりカレンダーを、毎日めくっているようなものだ。毎日が、えんえんと続く。

（「今日もまた生きている」と「今日もまだ生きている」は、どう違うんだ？）

分からない。

もうすぐ九十八だ。多分。年だけは分かっている。「自分は年寄りだ」と言い聞かせていないと、なんだか分からなくなる。

もうすぐ九十八だ。きっと。だとすると、来年は九十九だ。百までは生きたくない。百を過ぎた自分を想像したことがない。想像出来ないものになるなんて、考えられない。人間じゃないものになるような気がする。やだよ。でもうっかりすると、百を超えそうな気がする。

（うーん、やだな）

九十九になって死ぬと、「百まで生きたがっていた」と思われるかもしれない。九十九になる前に死ぬのがいいな。

まだ、人の目を気にしてるのか。

（ああ、なんだかまた眠くなって来た。よく分からない問題を前にすると、脳は汽笛を鳴らすな。ボーッと）

一体今日は、いつなんだろう？

（珍しい。起きてすぐ目の焦点が合っている。もうすぐ死ぬのかもしれない）

変わったことがあると、死の前兆かと思う。別に、死ぬのがこわいわけでもないが、死ぬとなると、「ああ、これで終わりか」という気がちょっとだけする。

それはともかく、今日は何日なんだろう？

別に寒くはない。昔は寒いか暖かいかで季節が分かったものだが、そんなものは大昔の話で、故老の昔話だ。今はいつだ？

昨日も一昨日も暑くなかったから、きっと冬だ。

（突然目覚めたから、頭がはっきりしねェな。今日はいつだ？）

（外見ても分かんねェな。ずっと暖かいのはいいが、突然四十五度になるのはやだな。今時の人間はずっと暖かいのに慣れてるからいいけど、こっちは若い時に季節感のある暮らしの中にいたから、ずっと暑いと、バカになりそうな気がする。今更だが。寒くなる時に寒くなってくれないと、精神に変調を来たすな。突然寒くなると肺炎起こして死んでしまうというが、俺は「うー、寒い」と言うだけで死なねェな。もう何十年も前に「免疫力が低下してますから、感染症に気をつけて下さい」と言われてそのまんまなのに、なんで平気なんだ？　担当医は死んで、「この病気の処方箋を書く人はここにいません」と言われて、薬飲んでないのに死なないってなァどういうことだ？　どっかで、知らない間に火の鳥の血でも飲まされたか？　年取ると冗談が信憑性を持って来るから、うっかりしたことは言えない。自分がその気になる）
（えっと、そうだ、今日は一月の二十一日だ。こないだ来たやつが言ってた。忘れない内に書いとこう）

一月二十一日

（日記じゃないけどな。こないだ来た人間に「今日は何日？」と聞いたら、一月二十一日と言ったな。確か、二十一だったけど、二十二だったか？　三かもしれないな）

（「確かか？」と思うと、確かは揺らいでしまう。すごい。ほとんど哲学だ。書いとこう）

確かかと　思へば揺らぐ　真理哉

（たまにこういうのがあると、カッコいいな。誰が読むわけでもないが）

（うん？　今日は二十一日じゃないのか？　二十一だか二だか三だかと言われたのが「こないだ」だから、もっとたってるな。時間の足し算は、苦手じゃないけど、大体合わないのが昔からだしな）

（ほっときゃどうでもよくなる）

（「こないだ」と「昨日」の間には、そんなに大きな違いがない。どこかで気をつけていないと、「昨日」と「今日」の間もそんなに違わない）

時間が主観的なものになってしまえば、そんなものだ。十年前でも二十年前でも、頭の中ではみんな「こないだ」だ。自分で「十年前くらいだろう」と思っていても、もっと全然前だしな。主観的な時間と外側の時間が一致してたのは、いつまでだろう？

（分からない）

五十年前に、自分はいくつだったんだろう？

（分かるような気はするんだけどな）

困らないということは、老いの功徳でもあろう。自分の時間は自分の時間だから、どうでもいいんだ。

（こないだ来たやつは、「戦後百一年」て言ってたな。歯に物が挟まったみたいな感覚があったから、百年じゃないな。百一年だな。そういう、身体的な取っかかりがあると、分かるんだよな）

戦後百一年

（「なんか書いてくれませんか？」って、あいつは言ってたんだよな。俺は、「やる」って言ったんだっけ？　言わなかったのか？　どっちなんだろ？）

何度でも　揺れてもうろく　風まかせ

（ああ「耄碌」の漢字が分からない。辞書引いたって見えないしな。こないだ辞書持ち上げて、腕の骨を折りそうになった。「今時、紙の厚い辞書なんか、使う人いませんよ」と言われたが、知らねェよ。そんなことより、指紋がもう全然擦り減って、紙がろくにめくれねェわ。

今更あれ、指サックか？　嵌めてもしょうがねェだろな。って、そんなもん今時売ってんのか？）

（なんだっけな？　ああ、やるのかやらないのかだな）

「戦後百一年」で、「百一年目の第一歩」って、俺をいくつだと思ってんだ？　戦後の生まれだぞ。戦争のことなら、戦前に生まれたやつに聞けよ。まだ生きてるかどうか知らんが。九十すぎのジーさんが足踏み出したら、骨折るか、もう冥途の領域だろうが。一歩踏み出すのは、一歩踏み出してもまだ先がある、若いやつの仕事。

大体、日本政府は「戦後」が嫌いなんだぞ。だから、戦後百年になったって、記念硬貨も記念切手も発行しないんだ。発行したのか？　百円玉があったら使っちゃうから、記念もへったくれもないけどな。百円恵んでもらってもな。

終戦記念日を祝日にしない日本政府の下で、百年も「戦後」を言い続けて、なんかいいことがあったのか？　みんな死んじゃったじゃないか。百年の前に、攻めて来るはずの中国もガタガタになって、戦争より地震で、日本はガタガタになっちゃったじゃないか。

国会議事堂の壊れた屋根は、まだ修復出来てないんだろう。ゴジラも壊せなかったのに。東京タワーを何度壊しても、国会議事堂を壊さなかったのが、日本の特撮だったもんな。日本の立憲主義はへんなところで生きてるわ。

ここで一言。東宝の『世界大戦争』で、国会はドロドロの熔岩の中に呑み込まれたと言いたい人もいるだろうが、水爆が命中してドロドロの熔岩の渦に東京が全部呑み込まれたラストシーンでも、国会議事堂の屋根だけは健在のままだったぞ。

（きっと、そんなことを問題にするやつは、もういないな。いや、こういうことを問題にするやつだけは生き残るんだ。「あの映画で議事堂は壊されてた」とかな。「国会の屋根は健在だ」って、そんなことを問題にする俺は尾崎行雄か）

まさかね、地震で生き残るとも思ってなかったしな。退院のすぐ後に東日本が来た時は、「今度地震が来ても死ぬから安心だ」と思ったが、死なないな。

退院して頭がボーッとしてたのは、二年くらいでなんとかなったが、歩く困難はちっともよくならない。「今度来たら、なんかに押し潰されて死ぬな」と思ったのが、十年前くらいの還暦過ぎの頃だったから、「もう頑張って再建する必要なんかないな、ああ、楽だ」と思ったが、まさか死なずにいたとはね。

避難して生き延びるより、生き延びて再建を始めなきゃなんない方が大変だぞ。戦争中より、戦後になってからの方が食糧難で、餓死者が出たんだから。

（こんなことをすぐに思いつくから、戦前の生まれみたいに思われるんだな）

知ってるやつは、みんな死んじまった。地震のせいよりも、俺が長生きしたのが悪いな。「長生きは健康によくない」って情報が流れたら、みんなさっさと死んだな。流行に流されるのは、ある意味、幸福なのかもしんねーな。

地震よりは、長生きの方がこわい。死なないやつは死なない。避難所で「食い物くれ！」って手ェ出してるジーさんやバーさんを見るのは、地獄だった。食い物を運んで来る若いやつは、食い物取られてみんな餓死しちゃったしな。ゾンビ映画見過ぎて年取ると、平気であいう風になるのかもしらん。

まさか、生き残るとは思わなかった。歩くのがヨタヨタだから、コンクリの建物に潰されて死ぬんだろうと思ってたのに、まさか、死なないとは思わなかったな。ほんとに、年取ると死なねェのな。

「たまには体使って、歩道橋渡ってスーパーに行こう」と思ってたら、突然来たな。

歩道橋なら段差は低いし、今日はなんか大丈夫そうだと思ってたら、途中でやばくなった。「やっぱ、九十過ぎるとやばいな」と思って、階段の手すりにつかまって、ハァハァ言いながら踊り場まで行って、「ああ、もうだめだ」と思ってへたり込んだら、突然ドーンと来た。

ドーンと来る前に、「なんかへんだな」とは思ったんだが、こっちはハァハァで息切らしてるのに忙しいし、「気のせいかな」と思ってたら、ドドーンのグラグラグラというのが来て、杖がどこかに行った。なにが起こってるのかは分からないが、なにかが起こってることだけは分かるというのは、とてもへんな感じだ。頭だけがもぎ取られて、宙に浮いたまま周りを眺めてるような、三六〇度感がある。こっちは、歩道橋の階段の真ん中に倒れて、「あわわわわわ」と踊り場にしがみついてるのに。

不思議なことに、そういう時は音がなんにも聞こえないんだな。左の耳はずっと前から聞こえないが、音がないというのは、それとは違うな。音が聞こえて来るまでに、へんな時間差がある。無音で目の前の崩落なんかを見ていると、現実感がなくなってしまう。

歩道橋がねじれて、階段だけ残して、橋の部分が下の道路に落っこった。階段は、遊園地のぬるい絶叫マシンのようにグイン、グインと揺れて、やっぱり年寄りは現実感覚がなくなるのか、「わオ、やばい」と思いながら、「揺れてるよ」と平気で思ってた。なす術がないと、平気で無責任になれるな。

下の道路じゃ、落っこって来た橋の下敷になってぶっ潰れた車が燃えてた。自動運転でも、突然地震にやって来られると、驚いて止まるのを忘れちゃうんだろうか？　上の高速道路から車がジャンプして飛び出して来るのは、少なくとも三台は見たぞ。下の道路でも車が飛び跳ねてるのを見たけど、あれは、道路を揺さぶられたのか？

電気自動車は燃えないとか言ってたが、爆発して燃えてたのはガソリン車だったのか？　下の道路は立体交差で、道路の横に地下の車線があって、下が燃えてたから、上も燃えてたんだろうか。直接見たわけじゃないから、本当に燃えてたかどうかは分からないが、グラグラの歩道橋の階段にへたり込んで熱かったから、きっと燃えてたんだろうな。

地下の二階から地上の二階までの四層構造の道路で車が燃えてるんだから、引いて見りゃ大変だろうな。こっちは近すぎて、全体がよく分かんなかったけど。

東日本大震災は、どこまでも津波の水で、「東京だと火だ」とかは言われてたが、やっぱり燃えたな。昔の年寄りが死んで、住んでた木造住宅が空き家になって、戦時中の強制疎開みたいに取り壊しになったけど、それでも燃えるもんは燃えるんだな。

なんで「戦時中」などという言葉を使うと、ほっとするんだろう？　戦後の生まれのこっちは、なんにも知っちゃいないのに。

百年もたったら、戦前も戦後も関係ないんだろうな。「戦後」という言葉を聞いて、「知ってる」と思ったら、それはもう年寄りだ。年寄りじゃない人間は、年寄りの胸の内なんかを考えない。強制疎開で取り壊しにあってる家を見たような気がする。多分、見てないのにな。

町が廃墟になった姿を見ていると、「どうするんだ？」と思う前に、なんだか懐かしいような気がしてしまう。「やっとやり直せるんだ」と、遠い昔に思ったからなのかもしれない。

(焼け跡を見たわけでもないのにな)

地震のことは、もう少し詳しく書いた方がいいんだろうか？

「時代の証人」とかっていうんだったら、きっとそういうことをするんだろうな。でも俺は、「時代の証人」なんかじゃないしな。惚け防止で、勝手に書いてるだけだしな。

こないだ仮設に来たボランティアのバーさんが、「なに書いてるの？　読ませて」と言うから見せたけど、「昔の字？　なにが書いてあるか分からない」と言ってた。昔からだな。「なにを言ってるか分からない」って。俺の書いたのなんか、誰が読んでるのかは分かんないんだから、そんな「同時代の証言」なんてものはないだろう。

「同時代」は、どっか俺の知らないところにあって、俺は勝手に一人で書いてるだけだ。

俺の仕事は、他人に向けてひとりごとを言うことで、つぶやきシローとおんなじだ。

（つぶやきシローは、まだ若いんだろうか？　ヒロシはまだ、どっかで、「ヒロシです、ヒロシです」って言ってるような気がするな）

（他人に向けてひとりごとを言うのが俺の仕事だから、それがなくなったら惚けちゃう。書かずに頭の中でブツブツ言ってると、なんだかわけが分からなくなるに決まってる。だから一人で勝手に書いてるだけだ。その点で、昔と変わらない）

人間とは厄介なものだ。ただ生きてるだけだと人間じゃなくなる。こっちは「もういい」と思ってても、生きてたりすると、なんかをし続けなけりゃならない。

原稿用紙はもうとうの昔に売ってないし、売ってても金はない。万年筆のインクのスペアはまだ作っているらしいが、どうやって手に入れるのかが分からない。それでも、書き続けなけりゃ、なんだか分からない生き物になってしまう。

インクがなくなった時、「どうしよう？」とは思ったが、墨汁ならあるという。割り箸の先を削って書くかと思ったが、「買い手のないボロ筆ならこんなにある」と言ったから、文豪みたいになってしまった。

筆だといいな。ペンや鉛筆だと下敷きがいるが、筆は手に紙を持ったままでも書ける。

（俺は手が震えるからだめだけど）

（原稿用紙なんか売ってなくても、昔書いた生原稿がいくらでもあるから、引っくり返して裏に書いてりゃ、いくらでも書ける）

六十過ぎのバーさんだと、手書きの文章なんか見たことがないから、「昔の字」なんてことを言うんだ。

そりゃ「昔」だよ。俺はもう百なんだ。その内に時空を超えて、よぼよぼのまま生きて行くんだ。その内に「いや」も「へったくれ」もなくなんだろうな。

そうか、「戦後百一年」か。

「今の人間は、もう三行以上の文章は読めない」って、ずっと昔に言ってたぞ。誰が言ったか知らないが、もしかしたら、自分で昔言ってたのかもしれないが、「三行以上の文章なんか誰も読めないだろう」って言ったら、あいつは「そうですね」と言ったぞ。

お前は何者だ？

（ああ、疲れた。しばらく休み）

三行以上の文章を読めない人間相手に、文章なんか書いてどうすんだ？　俺はパソコンになんかさわったことないぞ。同時代はパソコンが持ってっちまった。俺の字なんか、もう古代文字だぞ。どうすんだよと言ったら、「僕がスキャンします」と言ったが、古代文字みたいなものの画像を上げてどうすんだ？　画像は文章じゃないんだぞ。

そしたら、「希望は捨てないで下さい」ってあいつは言ったが、なんだって俺がまだ希望なんてものを持ってると思うんだろう？

「希望なんかないよ」と言ったら、あいつは、「希望を持たずに、人は生きて行けません」なんて言いやがった。

「あんた、いくつなの？」と聞いたら、「もうすぐ五十です」と言った。「三年前まで、本を読んだことなかったんですけど、希望を持たずに人は生きて行けないって書いてあって、そうだなと思ったんです」と言った。

（すげェな）

「希望は幻想だよ」と言ったら、素直に「そうですか」と言った。純な坊やだから、仕方がない。五十なのに。

「希望は幻想の一つだって、言う人は昔から言ってるよ」と言ったら、やっぱり「そうですか」と明るく言いやがった。もう五十なんだろう？

「人は希望がないと生きて行けないというのは、正確じゃなくて、人は幻想がないと生きて行けないの。だから、みんな勝手にぼやんとして、自分らしく生きるとか言ってるだろ。自分らしく生きてるっていうのも、そういうもんだと思ってる人の幻想なの。だから、三行以上の文章が読めなくても、大丈夫なやつは大丈夫なの。世の中にバカはいくらでもいるんだよ」

そう言ったら、しばらく黙ってて、「でも、それじゃやなんです」と言って泣き出した。

五十になって泣くなっていうのに。

(あ、そうか。それで「なんか書いてやるよ」って言ったんだ。「戦争が終わった時、日本人はなにを求めたと思う?」って言って、なんにも分かんない顔してたから、「本だよ」って言ったんだ。ともかく活字に飢えてたから、難しい本でもなんでも、勝手に読んだんだって言ったら、「そうだったんですか?」と言いやがった。俺はまだ生まれてないっつうのに)

戦争が終わったら、人は本を読むんだから、戦後百一年も同じようなもんかな。

原発が二個壊れて、$CO_2$出せないから火力発電もだめで、電気がそんなに通ってないから、パソコンもそうそう使えないんだってな。

(って、どうやって人にものを伝えるんだ?)

(あ、またプテラノドンがやって来た)

なんだってプテラノドンを復活させなきゃいけないんだ? どうしてそういう無駄なところに金をかけるんだ。そういうことやっといて、科学者は絶対に責任取らないしな。プテラノドンにさらわれたらどうすんだ。人として生まれて、プテラノドンにさらわれて、生きたままプテラノドンの巣でプテラノドンの雛の餌にされるのはいやだ。

プテラノドンは、口が臭いんだそうな。さらわれかけたやつが言ってたって言うな。

大体、なんだってプテラノドンを復活させなきゃいけないんだよ。人間が三行以上の文章が読めなくなってるっていうのに。

（あ、そうか。戦後百一年だ。どうしよう？）

私はどう生きるんでしょう？

（生きてて意味があるとも思えんな）

他人は、どう生きるんだろう？

（人のことは分かんないね。脳に体力がなくなると、考えを展開することが出来なくなるんだ。それで、昔のことと、他人の悪口ばっかりが頭に浮かぶんだ）

（ああ、もう眠くなったから、寝よう）

# 九十八歳になった私

九十八になった。

ふと見ると、ボランティアのバーさんが、こっちを見て目を剝いていた。

（うーん、さすがに元小説家の展開ではあるな）

昼前に、「さて――」と思って立ち上がり、部屋の中を歩いていたら、バーさんがやって来た。

（「さて――」と思ってなにをしようとしていたのかは忘れた。なにをしようと思ってたんだっけか？）

（えーと……、無駄だから思い出すのはやめよう）

とにかくバーが来た。紅白の（えっと）饅頭（まんじゅう書けた）を持って「お誕生日おめでとうございます」と言いにやって来たから、私は自分が九十八になったことを知った。バーさんが「九十八ですね」と言ったので、「そうか、九十八なのか」と思った。

バーさんは、「来年は白寿ですね」と言った。こっちが「白寿」と認識出来たからいいが、はじめは「来年は白痴ですね」と聞こえた。「なんで来年は白痴なんだ?」と思っていたら、「百歳になると市長さんからお祝いがもらえますよ」とバーさんが言ったので、やっと、「白寿か」と理解した。

「市長さんからお祝い」と言ったバーさんは、「うれしいでしょ、ね?」という顔をしていたが、こっちは「白寿」を呑み込んだばかりだから、なにが「ね?」だ。

百までなんか生きたかねーよ。

「記念品て、なにくれるの? 銀の熊手とかそういうの?」と言ったらバーさんは、「さァ」と言って笑っていた。きっと、こっちの言うことが分からなかったんだ。

百歳の祝いなら、熊手にすりゃいいんだ。男は熊手で女は箒で。銀じゃなくてもいいから、本物の熊手と箒渡して、記念写真を撮りゃいいんだ。高砂の尉と姥みたいに。

そうだそうだ、そうすりゃいいんだ。「タカサゴヤー、コノウラブネニィホヲアゲテー」の謡を流して、ジーさんやバーさんに家の前で掃除させりゃいいんだ。今時の百だとそんな知識ないだろうから、高砂の尉と姥が掃除して鶴と亀が祝福しているチトセ雨の袋を渡して、「長生きはこういう風にめでたいんですよ」と説明してやればいいんだ。

(俺は、クマデもホウキもジョウもウバも、辞書見ないで書けるぞ)

（今でもまだ千歳飴はあるだろうか？　七五三ケーキかもしれんな）

昔、近所のジーさんが、朝起きると家の前を掃除することを日課にしていた。ずーっと日課にして続けている内にボケが入って来て、掃除をする範囲がどんどん広くなって行って、ゆるやかな坂を下って百メートルくらいを掃除してしまうようになった。おかげで町はきれいになったが、ボケてないカミさんは、「もういいの！」と言って、箒を持ったジーさんを家に引っ張って行ったが、しかしそのジーさんは翌日もまた長距離掃除の旅に出たのだった。もう日本昔ばなしだな。

世の中にジジーとババーしかいない今の世の中だから、百になったら熊手と箒渡して、「おめでとうございます」と言って掃除をさせるのも、一つの手ではあるな。私はいらないけど。その前に死んでることを願うから。

父親が死ぬ一ヵ月か二ヵ月前くらいは、なんだか分からない状態になっていた。寝てばっかりいるとよくないという理由だけで、起きてテーブルに顔をつけるようにして座っていて、それで疲れると寝てる。食欲がないと言って何日ものを食べなかったり。それで別に「苦しい」とも「死にたくない」とも「死にたい」とも言わなかった。「米寿までは生きたい」と死ぬ前の年には言っていたが、それは自分で決めたオウン・ゴールみたいなもので、そこまで生きようという執着があるようにも思えなかった。はたから見れば「もう死ぬことが決まっている人」で、そういう人にどう接していいのかはよく分からなかった。

　今の自分も同じようなものだろうが、もう死ぬことが決まっている人に「大丈夫？」と言うのもおかしなもんで、もう死ぬことが決まっている人は、自分のことをどう思って生きているんだろうと、昔は考えた。

「普通の意識構造じゃなかろうな」と思って、死ぬことをこわがっていそうもない人の、普通じゃない頭の中を考えてみた。

　心細い状態になって生きていても、父親は先に不安を感じていたわけではない（あ、指が固まった）

（まだ固まってる。いいか、別に急ぐ旅でもないし。眠っちまえ——とは思ったが、そう簡単に眠くならないから困ったもんだ）

（寝転がって天井を見ていると侘しくなる。プレハブの天井には表情がない。なんだか分かんないところで死ぬんだなと思うと、そればっかりが情けない。牢屋の中にいるみたいだものな、天井ばっか見ていると）

（まだ動かない。筋肉が劣化してるから、そのまま固まって、でもどういうわけか、腕が攣《つ》るってことはねェな。昔は肩がピキッ！　と言って、「もう大リーグボールは二度と投げられない」と思ったが、動いてる時はそんな風に思うんだな。なんか、指が固まってる時間は、昔に比べて長くなってるような気がする）

（だから、年を取ったというのだよ。昔の自分を持ち出すと、やっぱりなんだか侘しくはなる

な）

（あ、動いた）

（文章だけ見りゃ、俺になにが起こってるかは分かんないんだけどな）

なと思って、今日のことしかというか、今のことしか父親は考えてないのかなと思った。

それはどういうことなのか？

「今日の自分は昨日の自分とおんなじように生きてる」という状態で漂っているということなんだろうなと思った。それで、「明日も同じように自分は生きているだろう」になると、別に不安にはならなくなるなと思った。「不安になる」というのは、体力を必要とすることだから、ボーッとしてりゃ不安にならぬ。過去、現在、未来が区別のつかないようになってしまえば、不安なしに永遠の雲の上を動く静かなホバークラフトに乗っかったみたいに

（あ、また指が固まった）

（固まった。どうでもいいや）

（三十五の時、なにがあったかな？）

（忘れた。なんで三十五だ？　年取りゃ、そんなことどうでもいいんだな。「このまま指が動かなくなったらどうすんだ？」とその昔には思ったが、でも動くんだな。動いて不思議に止まるんだな。直んないんだな。ポンコツになると、ポンコツになったまま、ずーっとそうなるんだな。病気になるとどうとかしなきゃいけないが、ポンコツになると、そのままなんだな。死

んだ時に指が固まったまんまだと、この世に恨みを残して死んだみたいになるのか？　まァ、固まるのは右手の指だけだから、両手の指が鉤爪みたいになってこの世に執念を残して死んだ妖怪みたいにはなんねェな。くれぐれも口を開けたまま死なないようにしよう）

（なこと言ったって分かりゃしねェがな）

（もういいか？）

（あ、動いた——が、また固まるな）

（あ、あ、動きません）

（電線に雀は何羽止まるんだろうか？）

（一羽。二羽。まだ行くか？　三羽。とりあえずそのままにしとけ）

（なんにも出来なくなった時に電線に止まった雀をイメージして数を算《かぞ》えるのは、老人向きにはいいな。雀は一羽ずつゆっくり飛んで来るから。体調もあるな。高校生の時に「柵を飛び越える羊の数を算えると眠れる」というのでやったな。別に不眠で困っていたわけでもないのに。昔からのりやすい。柵の向こうに羊が一杯いるのをイメージして、一匹ずつ柵を飛び越えさせていたら、その内に羊の跳んで行くスピードがどんどん速くなって、まるでなにかに吸い込まれるように消えて行って、本当に地面に空いた丸い穴に吸い込まれて、気がついたら柵の向こうに羊は一匹もいなくて、柵と丸い穴の空いた地面だけが残っていて、驚いた。そんな話、聞いてなかったので「なんで？」と思って、頭の中のそのイメージを見つめていたら眠っ

てしまった。なんで羊はいなくなったのだろうか？　きっと若かったからだな。年取ると、雀はそんなにすぐにやって来ない）

（あ、動いた。で、なんだっけ？）

（「静かなホバークラフトに乗っかったみたいに」？　なんのことだ？）

（ああ、親父が死んだ時の話か――）

生きてるのか死んでるのか曖昧な状態で、死に関する不安てのはないんだろうな。不安というか、「死ぬ」ということに対する意識があったのか。もちろん、自分が介護を必要としているという自覚はあったのだろうが。

夜中に一人でトイレに立って、戻って来たらなんかおかしくて、ベッドに腰を下ろしたまま死んでたっていうから。時計を見たら十二時過ぎで、八十八には十日くらい足りなかったが、四月八日のお釈迦様の誕生日にはなっていたから、お釈迦様が迎えに来てくれたんだろう。相当行いがよかったんだな。

生きようとか死のうとかいう気がないまま生きていて死んで行った人を見て、「そういうもんか」と思ったが、「そういうもんか」と思って、自分もそういうもんになっちまうんだな。

親父が死んで何十年たつんだろう？　親父よりお袋より全然長生きしちゃって、こっちはずーっと前から、生きたいとも死にたいとも思ってないしな。別に、生きたいとは思わないが、生きてる以上、痛いのはやだな。苦しいのもやだな。それがやだからな、生きてるのはめんどくさいな。

死んだ森繁久彌が、死ぬ前に他人の葬式に出て来て泣いてばっかりいるのを見た時、この人は旧約聖書のこわい神の怒りに触れて「お前は死ぬな」という呪いでもかけられたんだろうかと思ったが、まだ人が長生きするということに慣れてなかったんだな。

九十目前になったら「え？」と思って、九十過ぎたら「もう死ぬだろう」と思ったが、一向に死なない。森繁久彌が生きていた頃は、人間九十くらいになったら死ぬもんだと思われてたんだろうな。でも、こっちは死なない。

「あ、九十だ」と思って驚いてる内に、九十一になって、九十二になった。「まさか九十五にはならないだろう」と思っていたのに、それもなし崩しになってしまった。自分にあきれている内に年は勝手に積もって行くものだとは、誰も言ってなかったな。

（本読まないから、言ってたか言ってないかは、正確には知らねェけど）

あきれてはまた空を見てあきれつつ

「空を見て」を初夏の季語にしてくんねェかな。今はまだ春だけど。

春の空プテラノドンが今日は留守

俳句なんかなにがよくて、自分の心境なんかどうでもいいと思ってはいたが、年寄りの俳句は句読点代わりで収まりがいいな。

(ああ、眠い。やることやったし――)

(ああ、饅頭だ。バーさんの持って来た饅頭だ。意識が戻るとすぐ饅頭が頭に浮かぶ。枕許に饅頭を置いて眠るのは、幸福の極みだな。目覚めると饅頭が食える)

(生きる気満々じゃねェか)

(しょうがねェよな、まだ生きてるもの。はいはい、市長様ありがとうございます。湯でも沸かすか――)

(ああそうか。やかんはもうないんだな。ポットだかジャーだかしかないんだな)

オレは花柄ポットが嫌いなんだって。

ポットと一緒に暮すのは、年寄りじみてるからいやなんだって。

(て、もう自分はほんとに年寄りなのにな)

なんで、やかんでお湯沸かしちゃいけねーのかな。監視カメラ付きの魔法びん(ああ、「瓶」だ)瓶をそばに置かれて生きてるかどうか確認されてるというのはね。なんだかね。どんなもんだかね。

(あ、どっこいしょと)

(あ、そっか。饅頭持って来た時、バーさんあきれてたのはあれか？　なんか俺は、あらぬことを口走ってたんだな。「うんこ饅頭、豚のケツ」とか)

「うんこまんじゅう、豚のケツ」とはなにか？　説明をしよう。昔、関西の女お笑いのババゾノというものが、「小学生の時のあだ名はなんですか？」と問われて、即座に「うんこまんじゅう」と言った。上方で「ばば」はうんこで、ババゾノは丸顔だったから「うんこまんじゅう」になるんだろうが、同級生の女の子に対してなんのためらいもなく「うんこまんじゅう」と言い、言われた方も「私のあだ名はうんこまんじゅう」と受け入れてしまうのだから、関西のガキはすごい。あまりにもすごいから、記憶の中に刷り込まれてしまった。

「豚のケツ」の方は、小学生の時、夏休みに父親の田舎へ行って、「都会の子が田舎の料理ばっかりじゃ気の毒だ」と思ったのだろう。伯母さんがどっかへ行って、安いプレスハムを買って来てくれた。見渡すところ、近所に店らしきものはなく、まだ車だって普及していない。スーパーなんかあるわけもない中で、伯母さんはどこにそんなものを買いに行ったのだろうか？

(いつの話だ？　計算するのがこわいな。九十年近く前の話だ。九十年前の自分が、既に生きて意思と思考力を持っていた人間だったかと思うと、とんでもなくこわい。九十年前というのは、私にとって「夏目漱石が生きてそこら辺を歩いていた時代」だったからな。夏目漱石と小学生の私が、いつの間にか同時代人になってしまっている――なんとも言いようはないな）

田舎の伯母さんは、都会から来た子供である私や妹達の朝食の膳に、そのプレスハムを何切れか載せた皿を出した。それを見た、年下の従弟が、「俺も食いてェ」と言ったが、伯母さんはすかさず「豚のケツ、豚のケツ」と言った。

「豚のケツなんだから食うもんじゃない」という意味なんだろうが、一方ではそういうものを都会からやって来た子には食わせちゃうんだから、それを言う伯母さんの頭の中はどうなってたんだろうか？「すげェなァ」と思って、「豚のケツ」も私の記憶の中に刷り込まれてしまった。

私が「うんこまんじゅう、豚のケツ」を、美空ひばりの『菊五郎格子』のメロディに乗せて口にするようになったのは、いつの頃からだろうか？

元はもっと卑猥なことを口にしていたのだ。性行為に関して、体の方が面倒臭がって「どうでもいいや」と思っていて、でも頭の方だけは、それとは無関係にまだやりたがっていて、口で露骨なことを言っていた。外人がなんでもかんでも「ファック」とか「ファッキン」と言うのと同じだ。

しかし待てよ、彼等は「こんなクソみたいな仕事」と言う時に「性交中の仕事」と言ってるぞ。「ファッキン　ワーク」はそうだろう？　なんか、こっちとは方向が違う。ずーっと「やりたいです」と思ってるから、なんでもかんでも「ファック」で「ファッキン」だって、日本人はそんなになんでもかんでも性行為を表沙汰にはしないぞ。

「なんだ、このチンコ野郎！」とか、「こんなオマンコ仕事！」とか、日本人は言わないもんな。言わないだろ？　彼等はそんなに性的に抑圧されてんだろうか？　めんどくさいやつらだな。

（体がめんどくさがって、口だけで卑猥なことを口走ってるというのは、まァ、それと同じか？　彼等があんまりめんどくさがっているようには思えないが――）

初めはなんか、違うことを言っていた。もちろん、一人でいる時で。しかし、ストレートに卑猥なこと言っていると、実体行為とおんなじで疲れてしまう。そのまま卑猥な言語は丸められ、変形させられて、「うんこまんじゅう、豚のケツ」になってしまった。それがどうやら、美空ひばりの『菊五郎格子』の「神田明神スチャラカチャン」のメロディに合った。

人間の記憶というのはどうしようもない。勝手にそれらしいものを持ち出して来る。はかま満緒がパーソナリティをやってるラジオ番組にゲストで呼ばれた時、「なにかリクエストを」と言われて、「美空ひばりの『菊五郎格子』」と答えた。はかま満緒は、掛かった曲を聴いて、「この頃の美空ひばりは一番いいね」としみじみ言ったので、私は「この人はいい人なのだな」と思った。

（しかし、はかま満緒って誰だ？　この時代の美空ひばりの曲は、なんでもかんでも『菊五郎

格子』だな）

「神田明神スチャラカチャン」の後は「チャンチキおかめの笛太鼓」なのだ。ああ、いい時代だった。

しみじみといい時代だよすちゃらかちゃん

私は「スチャラカチャン」という語感が好きなのだろうか？　気がつくと『笑点』のテーマを「スッチャカスチャラカ　スチャラカチャン」と口ずさんでいる。

別に『笑点』なんか好きでもなかった！　ろくに見もしなかったのに、「スチャラカスチャラカスッチャンチャン」と、メロディが残っている。『サザエさん』のテーマも『水戸黄門』のテーマも知らないが。

人間の記憶というものは、本当にくだらないものだな。九十八年生きて来て、記憶の底から湧き出るものが「うんこまんじゅう、豚のケツ」と「スッチャカスチャラカ」の『笑点』のテーマだなんて、誰が思うだろう。

（人生の冬が来て、自分という木の葉が枯れて落ちて、幹と枝だけになる。それが「うんこまんじゅう豚のケツ」なんだな）

人生の最後が「うんこまんじゅうスチャラカチャン」で「豚のケツ」とはな。そういうもんだな。笑ってしまえ。

(でも、まだ最後ではないか――)

明日もまた「うんこまんじゅうスチャラカチャン」か。

ヌボーッとでかいジジイがあらぬ方を見て「うんこまんじゅう豚のケツ」なんて一人で言ってるのを見たら、バーさんとしては「やばいものを見てしまった」という気になるんだろうな。

だからと言って私は、紅白饅頭とうんこまんじゅうの区別がつかないジジーではありません。

(ちゃんと書いとかないと誤解される。なにしろ自分は、九十八のジジーだから)

正気なんだよーん。

(ああ、今日は元気がいいんだな。きっと明日は「体が痛い」って寝てるな)

それでも生きているということが、面倒臭いので
(疲れた――)

# 国会解散の巻

また国会が解散した。昨日の晩にテレビで言って分かってるのに、どうしてテレビは朝っぱらから同じニュースを何度も流すのだろう。こっちはさっさと寝てしまったが、夜の間も同じ映像を何度も流していたはずだ。それでも日本の国民は、昼近くになっても、まだ国会が解散したということを知らないのだろうか？

関心がないから、何回も同じことをやらなきゃいけないのかもしれないな。そう言えば、朝の番組で女子アナが「国会が開店しました」と言ってたな。いい度胸だ。（とは言ってもな、もう耳から聞いただけじゃ、なに言ってるか分かんない。何遍もおんなじ絵が出て来て、「ああ、国会が解散したのか」とやっと理解して、「で、なんで解散したんだ？」と思う。そう思って、何回も同じニュース繰り返して見て、「あ、そうなのか」と分かるから、テレビの悪口を言ってもしょうがないな。きっと日本人は、みんな俺とおんなじくらい年寄りなんだ。だから何回も繰り返すんだな。犬の躾《しつけ》とおんなじだ。分かんないと落ち着かないから、「え？　なにが？」とは思うが、なんとなく呑み込めて「ああ、そうか」と思うと、呑み込んだことを大体忘れてしまう。年寄りにとって脳の負担が大きいのはしんどいから、摂取してしまうのをすぐ外に出すのはいいな。あれだな、デロデロ効果じゃなくて、デンドロリン効果じゃなくて、デンスケじゃなくて――なんだったか？　忘れた）

理解出来ないとモゾモゾして厄介だが、理解すると、「あ、そうか！」と簡単に排出出来る。

（あ、そうだ。デトックス効果だ。デトックス、デトックス。出るんだったらすぐに出ろ。あ、また忘れた。デーブ・スペクターじゃない。なんだったっけ？　デンター歯ブラシじゃなくて、あ、デトックスのデロリンマンだ。ああ、よかった）

（それで、なんだったんだっけ？）

私がもっと若かったら、どうして選挙ばかりやっているんだと怒っていただろう。

（なんで解散したのかはよく知らないが）

なぜそうなのかは知らないが、毎年選挙をやっている。年取って、時間の進み方が早くなって、それで年柄年中選挙ばっかりやってるように感じるのかと思ってたら、テレビでも「どうして毎年国会を解散しなきゃいけないんですかね」と言っていたから、やっぱり年柄年中選挙をやってるんだ。金がもつのだろうか？

あの大臣が女のケツをさわって謝らなくて、なかなか辞めなくて、結局辞めて総理大臣の任命責任だというので国会を解散したのはいつのことだろうか？　今度の解散がそれか？　なんか違うな。でもずっと、「辞めろ」「辞めない」「さわった」「さわってない」をやってたような気がするな。

（「私はゲイだから女の尻にさわるはずがない」と大臣が国会で言って、カミさんは取材のカメラに向かって「なに言ってんの！」と怒って、それでも大臣は、「さわったかもしれないが、それは男のケツと間違えたのだ」と言って、「お前のケツは男のケツ」呼ばわりをされた女の新聞記者は、「私は鍛えてますから男のケツと言われて嬉しい」と言い、それで「やっぱりさわったんだ」で辞職して解散だから、そんなアホみたいな理由で何百億円もかかる選挙やっていいのか？）

（それが今度の解散なんだろうか？　それは何年も前のやつなんだろうか？　どうしても、下らないものの方が記憶に引っかかる。日本に政党が三十くらいあって、選挙のたんびに政権交代をしてるから、なにがどうなってるのかは、年寄りの頭じゃ分からない。若いやつが分かってるかどうかも分からんが——）

選挙だとまた、投票所までバスが出るんだろうな。ヨボヨボのジーさんやバーさんが、病院へ行くつもりで選挙に行くんだな。どうして年寄りは選挙が好きなんだろうか？　「昔から選挙にだけは行っていた」という惰性系のジーさんやバーさんはもうみんな死んでるはずなのに、それでも年寄りは選挙に行くな。なぜだろう？　年取ると選挙に行きたがるのか？　病院に行くみたいに？　投票したって、国に金がないから、いいことなんかないはずなのに、年寄りだから、結果なんか忘れちゃうのかな？　私は、投票をした途端、誰に入れたかを忘れちゃうが、他の年寄り連中は違うのか？　なにやってもたいして変わらないというのは、混迷の時代の先のなにがなんだか分からない時代の湿地帯を踏み越えるための、民主主義的なトリックというか、民主主義の賢明なる選択かもしれない。

（複雑なことを言って、辻褄は合ってんのか？　この世で一番めんどくさいことは、辻褄を合わせることだわな）

時代が現代ではなく、ジュラ紀に向かっていると思えば、なんの不思議もない。なにしろ、杉並木の上にプテラノドンが巣を作ってる時代だ。放っとけば、人はなんにでも慣れる。

プテラノドンのおかげで熊や猪の被害は減ったというが、あいつらは熊も猪も鹿も猿も猟友会のジーさんやバーさんも区別なくさらってくからな。「よかった」ばかりじゃすまねェだろ。あんなものを勝手に作った科学者は、なんで平気でいるんだ。なんで科学だけはなにやってもいいんだ？　まだ原発の廃炉さえ終わってないのに。もう、世界と競争すんな。わけの分からない競争してろくなことにはならないんだ。

自衛隊が出動してプテラノドンの駆逐をするのだというが、住宅街の上で機銃をぶっ放すなんてやめてくれ。仮設が並んでるところは、住宅地の扱いを受けないのかね。

（お、なんだ？　どうした？　前来たよな？　「戦後百年でなんとか言え」の坊やだよな。

「坊や」じゃないか。五十だよな？

「あ、そうです。こんにちは」

なんだよ今日は？　年取ると、五十でも坊やに見えるんだよな。だって俺より、五十も若いんだろ。「五十も年下」ったら若いよな。

「そんなことないです」

ま、いいや。上がんな。

「いいんですか？」

いいよ。年寄りにとって客はご馳走だ。でも、こっちでご馳走するものはないぜ。

「はい、いいです。失礼します」

お茶ならね、そこにポットがあるから勝手に入れて。今日はね、ちょっと脚が痛くて立つのが厄介なんだ。

そこにティーバッグがあるでしょう。カプセルタイプのお茶が便利だって言うけどな、俺はやっぱりティーバッグがいいの。

ああ、その茶碗、そこにあるティッシュで拭いて。ずっと使ってないから。

そのポットはね、監視カメラ付きなんだ。六時間、中の水の量が変わんないままだと、ぶっ倒れたかってんで、センターにつながってる監視カメラが作動すんだ。ジェームズ・ボンドみたいだろ。もう007は新作やらないのかね？

だから俺は、時々飲みたくないのに、ポットのお湯をちょっと飲むんだ。「まだ死んでませんよ」っていう業務連絡でな。でも、夏なんかお湯飲まないから、かなり死んでるんだ。ポットが「大丈夫ですか？」って言うから、「大丈夫ですよ」って答えるんだ。

あ、ありがと。よかったら落雁《らくがん》食うかい？

落雁知らねェの？

ちょっと。よっこいしょと。これだけど。いらねェよな？　こんな食いかけ。

「なんですか、それ？」

砂糖と粉をまぜて、パンパンて叩いたもんよ。昔ァ仏様のお供えもんによく使ったけどな。こういうのを人からもらってりゃ、もう活き仏の範疇《はんちゅう》だよな。喉につかえねェから、年寄りにはこういうのがいいんだ。

じゃ、いただくよ。で、今日は、なん――。

ゲホッ！　ゲホッ！　ゲホゲホ！　ウー、ゼェホ、ゼェホ。ウーッ。アフッ、アフッ。ウー。

大丈夫、死なないから。気道に茶が入っただけだよ。誤嚥《ごえん》で年寄りは死ぬけどな、たまにゲホゲホやって腹筋に刺激与えるのがいいんだ――あ、あ、あ、ウー、ゲホッ、ゲホ、ゲホ。アッフ、アッアッ。

ふー。

で、なに？

「あのォ、国会が解散しましたよね？　どう思いますか？」

なんで解散したの？

「任期満了です」

あ、任期満了なの？

「任期満了問題です」

それで、なんか分かんないことを、昨日の内から言ってんのか？

え!?　衆議院の任期って、四年じゃなかったの？

「そうですよ」

でもな、去年も選挙やんなかったか？　俺はバスに乗せられて、投票所まで行ったぞ。あれは去年の前か？

「去年のは、参議院で、衆議院はその前の年です」

その前の年も選挙やんなかったか？

「やってます。やって、また参議院で、その前の夏は衆議院です」

毎年やってるよな？

「やってます。それで余分な財政負担が増えるから、せめて任期一杯やったらどうだって、野党が内閣不信任案を出して、通ったから解散です」

「任期満了問題」って、それか？

「そうです」

なんでそんなバカなことやってんの？

「どうしてですかね？」

俺が考えんの？

「はい」

あんた、五十だよな。

「はい」

――――。

いいや。

「なんでですか？」

あのね、なんでそんなバカなことをやってるかというとね。

「はい」

バカだからだよ。バカのすごいところはね、自分がバカげたことやってるって、気がつかないとこだよ。

「そうなんですか？」

そうなんだよ。もう日本は、ズーッと前からバカばっかりだから、自分がバカかどうか分かんなくなってんだよ。

「そうなんですか？」

だって、周りがバカばっかりだったら、判断基準がないから、自分がバカかどうか分かんないじゃないか。

「あ、それはよく分かります」

分かる？

「はい」

小学生だね。

政治家だとさ、周りはみんなバカだろ。バカに「バカだ！」って言ったって分かんないしさ、政治家は自分がバカかどうかよりも、相手に勝てばいいんだ。

「勝てば官軍、座れば火鉢、歩く姿は百合の花」って知ってる？

「なんですか、それ？」

意味のないことだから知らなくていい。たまに人が来たから、意味のないこと言いたかっただけ。

「そうですか——」

一人で意味のないこと言ってたら、頭がおかしくなるじゃないか。そうだろ？

「そこら辺、よく分かりません」

あ、そう。でもさ、日本に政党がいくつあるか知ってる？

「いくつですか？」

分かんないから聞いてんの。三十くらいあんだろ？

「でも、また増えたんですよ。『日本の足音』が分裂して、『日本の栄光』と『白菊党』になって、もう一つどっかで『日本をなんとかしたい』っていうのも出来たんです」

それでさ、なんとかなると思う？

「思いません」

だって、そいつらがあっち行ったりこっち行ったりして、与党になったり野党になったりしてんだろ？

「よくご存じですね」

細かいとこを無視して、なんかやってんなと思って見てれば、大体分かるよ。大体だけはな。細かいとこを無視してんじゃなくて、覚えらんないだけだけどな。頭の中を素通りして。

「どうすればいいんですか？」

知らないよ。だって、俺もう、九十なんだぜ――あ、違う。九十八だ。こないだ、七から八になったんだと思うけど、八だったのが九になったのかな？　どっちにしろもう死ぬんだから、日本のことは知らないの。考えたけりゃ考えて。あんた自身のことなんだから。

「でも、なんか――。遺言とかはないんですか？」

遺言？

「もう死ぬんでしょ？」

死ぬけどさ。遺言ね。じゃ、君にこの落雁を上げる。遺言としてね。

いらないか？

だから、泣くなって。日本人はね、どうしたらいいか分かんないことにぶつかると、それとは違うやることを見つけ出して、「ああ忙しい、ああ忙しい、大変だ」って言って、肝腎のことをネグレクトするの。「ネグレクト」でよかったか？

「だと思いますけど、そうなんですか？」

そうだよ。昔からだぜ。だからな、昔から日本人は「政治の天才」って言われてんの。

「そんな話、聞いたことないですよ」

だってそうなの。昔からそうなんだ。勝手な揉め事起こして、それを突き回して、「ああ忙しい。今それどころじゃないんだ」って言って、肝腎なことをやんないんだ。だから、「なにが肝腎か」が分からなくなるんだ。その、「任期満了問題」って、それだろ？

「あ――」

どうしていいか分かんないから揉めて、「ああ、分かんない」って言って解散しちゃうんだ。

ああ、思い出した――。

「なにをですか?」

高校の時にさ、ロングホームルームってのがあってさ、一時間議論とか討論とかやるんだ。でもな、別に議論することなんかなくてよ、司会になった奴が「なにやりますか?」って聞いてさ、議題を決めるんだ。でも、別に議題ないからさ、当てられた奴は「席替え」って言うんだ。それで一時間、席の移動して、新しい席を決めるんだ。ああ、思い出した。国会の解散て、席替えだ。

「それ、いつの話ですか?」

俺が高校生だから、死ぬほど昔だよ。

「戦前の話ですか?」

あのね。俺はよく間違えられるけど、戦後の生まれなの。母親がさ、昔俺に「あそこにああいうのあったわよね」とかさ、戦前の話をしたの。俺まだ二十歳くらいだったからさ、知ってるわけねェんだ。だから、「自分がいつ産んだのか覚えとけよ」って言ったんだけどな。

「それ、いつのことですか?」

昔。

で、なんだっけ?

「国会の解散は、クラスの席替えみたいだって」

そうそう。

「先生が決めるんじゃないんですか?」

決めないよ。

「どうやって決めるんですか?」

うーん——忘れた。覚えてねェよ、そんなの。

「席替えって、一年に何回くらいするんですか?」

一年? 違うよ。一学期に二回か三回するんだよ。やることないから。選挙じゃないから、金かかんないし。

「かかんないんですか?」

かかんないだろう。

「でも、それやってもなんにもなんないじゃないですか」

だから、それは「なんにもやることがない」ってのをごまかすためなんだって。「任期満了まで国会やれ!」って言って、「でも、お前は出来ねェんだろ!」って言って不信任案を出すのって、それとおんなじだろ。

「ああ、そうなんだ——。で、どうしたらいいんですか?」

俺さ、もうさ、な、ずーっと同じことばっかり言ってっけど、バカをなくさなきゃだめなの。

「どうしたらいいんですか？」

だから、バカに気がつくの。気がつかなきゃいけないの。

「どうすればいいんですか？」

「自分はバカかもしんねェな」と思うことだな。でもな、バカってのは生活習慣病とおんなじで、ちょっとずつ積ってくから、いつの間にか気がつかなくなっちゃうんだけどな。

「生活習慣病ですか？」

今は、「生活習慣病」って言わないの？

「言ってるかもしれませんね」

バカと怠惰は癖になるから、一遍はまると長いスライダーをゆっくり下るだけだ。「スライダー」ってなんだっけ？「スライダー」でよかった？

「はい。多分」

君だってさ、アレだろ？ずーっと本なんか読んでなかったんだろ？そんなこと言わなかったっけ？

「言いました。三年前まで、本なんか読んだことありませんでした」

それがまた、なんで読んだの？

「近所に、古本屋があったんです。そういうの知らなくて、ブックオフみたいじゃなかったから、そういうとこだって分かんなかったんです。なんかやってっけどなにかな、とかも思わなかったんですけど、ある日、ワゴンセールやってたんです。もう閉店するって。それで、〝あ、インディーズ系のブックオフなんだ〟と思って、ちょっと見たんです。どれでも一冊十円て書いてあったから」

十円ね。

「それで、先生の本があったんで、買ったらおもしろくて」

なんの本買ったの？

「『メロンのキモチ』です」

ああ、あれね。

「初め、メロンの皮でキムチを作る方法が書いてあるのかと思ったんです。十円だし。メロンの皮なら結構あるし」

なんで？

「なんですか？」

なんでメロンの皮がそんなにあるの？

「兄貴の子供がメロン作ってて、送って来てくれるんです」

メロンなんだね？　大麻じゃないよね？

「はい」

いや、いいよ。

「そうしたら、メロンでもなんでも、生きてるものにはみんな心があって、だから、希望が必要で、希望がないと生きて行けないって書いてあって――」

だから、人は希望がないと生きて行けないんじゃないの。前に言ったんじゃないかと思うんだけど、人は幻想がないと生きてけないの。希望も幻想の一つなんだけどね。

「どう違うんですか？」

言わなかった？

「聞いたけど、よく分かりませんでした」

分かんなかったら分かんないでいいよ。細かいことにこだわるのは俺の病気みたいなもんだから。もうそんなに生きてないんだから、細かいこと気にしたってしょうがないのに、癖なんだね。生活習慣病みたいなもんだ。いい年なのに。

「それ、僕ですか？」

違う、違う。いいんだよ、分かんないことまで分かろうとしなくたって。分かる気になってりゃその内に分かるから。その気になんなきゃ分かんないしな。希望が必要なら、それで全然いいんだよ。気にすることないから。

「いいんですか？」

いいよ。

「でも、つらいんですけど」

そうね、分かったけど、ちょっと疲れて眠いんだ。ちょっと寝てもいい？　いたきゃそこにいてもいいけど。やっぱ、声出すと疲れるわ――）

# ロボット君の巻

（ん？　え？　あ？　あ？　あっ、ああ――。あ？

「起きました？」

お前か？　まだいたのか？　死神が来たかと思った。

「いたきゃいてもいいと言われたんで――」

ああ。年取ると、部屋の隅に「黒い人」がうずくまってるのが見えたりするっていうから

さ、それかと思った。

どれくらい寝てたんだ？

「三十分くらいですかね」

ああ――。

ちょっと、この茶碗に水入れてくんないか？

あ、水道の水でいい。冷蔵庫開けなくていい。俺はペットボトルの水なんか飲まないから。ここら辺は水道でいいんだよ。ここら辺の水詰めてペットボトルで売ってんだから、水道でいいの。

はい。ありがとうございます。

ふー。

ちょっと寝るとね、寝る前のことは前世の出来事みたいになってね、なんだかよく分かんなくなるの。「ああ、いたな」って記憶だけが甦って来たんだけど、君って誰なんだっけ？

「前に名刺渡しませんでしたっけ？」

名刺？　前は助手が整理してたんだけど、死んじゃったしな。きっともらったんだな？

「はい」

そんで、君はなんていうの？　前に聞いた？

「はい。君塚です」

桐塚？

「君塚です」

え？

「君、塚」

飯塚？

「石塚じゃないです」

石塚なの？

「君塚です」

うん。

「あ、名刺です。キ、ミ、ヅ、カ――」

読めないな。もう、こういう字は小さ過ぎて読めないんだ。

「君塚です」

そうね。ずっと前だな。昨日じゃないな、きっとな。いつだか忘れたけど、でっかい字で名前が書いてある名刺をもらったんだ。熊野のカラスの起請文《きしょうもん》みたいで、「なんだこれは？」と思ったんだけどもね。字は、字の形してねェと分かんねェよな。

「なんですか、その〝クマノノカラス〟って？」

熊野の牛王《ごおう》の起請文に描くカラスだよ。

「なんですか、それは？」

カラスがいっぱい紙に刷ってあるの。それに誓いを書いてな、誓いを破ると、カラスが一羽ずつ死んでくの。

「紙の中のカラスがですか？」

そうだって言うけど、俺は見たことないから知らねェよ。ただな、名刺にでっかく印刷された文字が、熊野のカラスに思えたってだけ。

「熊野ってなんですか？」

神社だよ。俺の子供の頃、お祭りっていうと、熊野神社に行くんだ。中学入ったらな、学校の目の前が熊野神社なんだ。毎日お祭りがあるみたいで興奮したな。なかったけど。

「その熊野神社に、カラスのなんかがあったんですか？」

知らね。そんなもん見たことないし。俺のとこの熊野神社は支店だから、本店行かなきゃいけないのかもしんねェな。

「神社に本店とか支店てあるんですか？」

「あるよ。フランチャイズ化して、熊野神社なんて、全国にあるよ」

「へー」

君は出身どこなの？

「和歌山県です」

君は、熊野神社知らないの？

「知らないです」

知らないんだ。

えっと、君は誰だっけ？

「君塚です」

そうか、君塚だ。よし、君塚だ。

それで――えっと、誰だっけ？

「君塚です」

そうだ、そうだ。「覚えたぞ」って思うと、それで安心して忘れちゃうんだ。年取ると便利だよな。それで、君はなんだっけ？

「君塚です」

そうだ、君は「君塚」だ。なんだ、「君は君塚」って覚えりゃいいんじゃないか。

「そうですね」

君は、なんだっけ？

「君塚です」

そうだ、そうだ。君は、「君塚」だ。「君は君塚」――って、口を慣らさないとな、出て来ないんだよ。

君は、君塚。君は、君塚。よし、覚えた。

それで、君はいくつなんだっけ？　え、あ、ちょっと待って、君は、なんだっけ？　なんだっけ？　もう少しで出て来る。うーん、あっと、君塚だ。

「そうです」

で、君はいくつなんだっけ？

「五十です」

五十か。そうすっと君は、えっとあの、うんと、もしかしてあの、伝説の「ゆとり」か？

「ちょっと引っ掛かってますね」

俺、「ゆとり」って見たことないんだよね。

「そうなんですか？　見てもたいしたことないですよ。今じゃ〝ゆとり〟なんか、誰も覚えてないですから」

そうなんだ。でも、初めて見たからさ。なんか、「これはなんだ？」っていう感じがしたんだ。「ゆとりか？」って思って。見たことないから知らないんだけどね。

「〝ゆとり〟だって、分かりますか？」

分かるかどうか知らないけどね。なんか、〝ゆとり〟って感じがしたんだ。嗅覚かな？

あ、臭い嗅がなくてもいいから。

昔ね、なんかね、「ゆとり」の悪口を言ってた時にさ——なんか、テレビかなんかで言ってるの聞いてさ、「俺とおんなじじゃん」と思ったの。「ゆとり」って、なにがいけないんだっけ？

「時間守んないとか、怒られるとすぐ会社辞めちゃうとか——」

あ、そんなことなのか。俺なんか、高校時代いつも遅刻してたよ。自転車で通っててさ、通学時間どこまで縮められるかと思って、ギリギリのところで家出てたから、途中の信号が一個赤になると、もう遅刻なんだ。三年になったら図々しくなってさ、「スターは最後に来るもんだ」と思って、公然と遅れてったぜ。三年の時の教室って、視聴覚教室でさ――。

「どうしてそんな教室なんですか？」

あ、俺達の時代、生徒がやたら多くて、教室が足りなかったの。今じゃもう結構死んでるから、そうでもないけどさ。二部制授業って、知ってる？

「知りません」

人数が多くて教室が足りないからさ、同じ教室で下級生が午前中やって、上級生がその後やるの。

「下級生が四時間で、上級生は二時間なんですか？」

知らない。

「それだと、上級生の方が授業時間足りなくて困るじゃないですか？」

いいの。だって、俺達の時なんか、三部制授業だもん。一年生と二年生が初めの二時間で、三、四年がその次で、午後になると五、六年生だから、みんな二時間ずつで平等よ。教室が足りないからさ、校舎を建てたり建て替えたりしててさ、古い校舎壊したから、その分もっと教室が足んなくなって大変だったんだよ。

「大変ですね」

そんな大変でもないよ。それ、俺が三年生くらいの時だったから、朝は早起きしなくていいし、授業二時間だけだからすぐに帰れた。小学校は近かったからさ、走って帰るとテレビでやってる昼のお笑い番組見れたよ。

「『笑っていいとも！』とかですか？」

そういうのじゃないよ、全然。もう、旧石器時代くらいの昔だから。

「そうなんですか？」

でも、『笑っていいとも！』なんて、よく覚えてたね。大昔に終わってるじゃん。

「僕が生まれた頃には、もうやってましたよ」

じゃ、すごい年寄りなんじゃない、君は？

「五十ですけどね」

俺が生まれたの一九四八年だけど、その四十八年分だけ違うんだ。そういう計算でいいのか？　合ってる？

でもね、もうよく分かんないんだけどね。自分の中の時間軸しか分かんないのよ。「ああ、中学の時にアレあったな」とか唐突に思い出して、一応、自分の記憶は団子状に串に刺さっていたりもするんだけど、それが、他人の時間軸と一緒になんないのよ。あんたが生まれた五十年前っていつなんだって考えても、分かんないのよ。なんか知らないけど、分かんないんだ。五十引きゃいいんだけど、自分の年から五十引くのか、今の年から五十引くのか、よく分かんねェんだ。自分の年から五十引いても、その頃に自分がなにしてたか、よく分かんねェんだ。

子供の時だとさ、大体初めて見るもんが多くてさ、「へー」とか思っちゃうから頭の中に強く残るんだけどさ、大きくなると、どうでもいいと思うから、あんまり「へー」と思わなくなるんだ。

「へーと思わないとだめですか?」

だめっていうかね、なんか「へー」とか思うと、俺の頭の中の記憶のシャッターは下りるみたいなんだ。

「やってみます」

でもね、俺の方法論て、なんか俺にしか効かないみたいよ。なにしろ、大昔の「ゆとり」だから、変わってるんだ。

「その、小学校の授業二時間で、勉強しなくちゃいけないとか、思わなかったんですか?」

思わないよ。だって、学校が「二時間でいいです」って言ってんだからさ、ラッキーってだけじゃん。大体さ、母親がうるさかったんだよ、「勉強しろ!」ってさ。そばにくっついてて、間違えると引っ叩くんだぜ。

「虐待ですね」

そう。虐待、虐待。大体さ、やりたくないものを「やれ!」って言われて、やりたくなるわけないじゃん。

「ゆとりですね」

ゆとり、ゆとり。

「みんなそうだったんですか？」

知らね。俺はみんなそうだと思ってたんだけど、それが間違いの始まりだったかもしんねェな。大体、俺達の時はやたらと人数多くて、「受験地獄」ってのは、俺達のために出来た言葉なんだぜ。

「大変だったんですか？」

まァね。でも、よく分かんないな。俺は、流れに流されるんだけど、流されながら、一向に身に沁みないタイプだからね。「みんな大変なんだろうな」と思って、自分もそうなろうとして、結局身に沁みないからだめなのよ。

「いじめとかに遭わなかったんですか？」

いじめ？　遭ったの？

「ええ、まァ」

俺はさ、一人で勝手に生きてるタイプだから、学校であんまりそういうの感じなかったの。それ感じたのは、作家になってからだね。評価はないしさ、存在は無視される上に陰でひどいこと言われたからさ。だからさ、その時期の記憶ってあんまりないのよ。「へー」とも思わないし。あんまし記憶したいこともないしね。

「あの、その学校で遅刻してね、怒られたりなんかしなかったんですか？」

怒らんない。俺の学校は、学期中に三回遅刻したら、親の呼び出しなの。

「それって、怒られるんじゃないですか？」

違うよ。ただの呼び出しだもん。

「呼び出されて、怒られた親が怒るんじゃないんですか？」

怒らんないよ。俺、遅刻三回して「呼び出しだ」って言われて、「あ、その日、ウチの親、葬式なんです」って言ったら、担任は「そうか」って言って、そのままだもん。別に嘘じゃなくて、言われたその日は親が葬式に行く日だったのよ。でもさ、またすぐ遅刻するからまた呼び出しになったの。俺は懲りずに遅刻するから。みんな受験勉強ばっかりしてる退屈な時にさ、刺激ってほしいじゃん。それでまた「呼び出しだ」って言われてさ、また「その日、親が都合悪いんです」って適当なこと言ったら、「そうか」って、そんだけだよ。

「穏やかな時代だったんですね」

穏やかじゃないだろう。学校の中はへんにピリピリしてたもん。俺だけ勝手に生きてるから、担任もめんどくさかったんだろ。

「今じゃ考えられないですね」

今はどうなの？

「今の学校は知らないですね」

昔は？

「楽しかったですよ。わりと。ゆとりでしたけどね。社会出てから、わりといじめられましたけどね」

じゃ、転職したの？

「しました。みんなしますよ」

結婚とかはしてるの？

「してません」

じゃ、一人で暮らしてんの？

「ロボットと住んでます」

ロボット？

「はい」

セックス出来るやつ？

「そうじゃないです。普通のやつです。セックス可能タイプって、やっぱり気持悪いんですね。なんかね、表情は前よかはましになったっていうんですけど、なんか不気味で、うっかりすると死人とやってるみたいな気がすんですって。なんか、至近距離だとこわいって」

誰か買ったの？

「ネットで言ってるやついました。写真だけ見るとよさそうで買いたくなるんだけど、実物見るとなんか違うって」

そのテのものは昔からそうだよ。

「そうなんですか？」

うん。そんでも、なんでそんなもんを売るのかね？

「あれみたいですよ。現実の女知らないから、本物と違うってなかなか分かんないらしいですよ」

あ、そうなんだ。君は知ってるの？

「結婚してました」

あ、そうなんだ。

うん？　じゃ別れたの？

「はい」

子供とかはいないの？

「いないです。僕は、精子がないんです」

あ、そうなの？

「それで離婚したんです。〝少子化なのになにやってんのよ！〟って言われて。医者は、精子の少ない男は増えてるけど、治療でなんとかなることもあるから気にするなって言ったんですけど、嫁は〝あたしのせいにして不妊検査させといてなによ！〟って、出てったんです。結婚したのも、子供がほしかったかららしいんですけどね」

悲惨な話だね。

「そうなんですよ」

不妊治療ってまだやってんの？

「やってませんよ。少子化って問題はあるかもしれないけど、ただ〝子供がほしい〟って言う女に子供作ったってしょうがないじゃないですか」

離婚したのはいつなの？

「二十年くらい前ですかね」

え、そんな前なの？　今いくつなの？

「五十です」

そうか。不幸って、意外と長く続くと慣れちゃうんだよな。

「そうなんですけど、でもやっぱり、希望ってほしいんですよね。ロボット付きのマンションで、帰ると〝お帰りなさい〟とか言うんですけどね、それだけだと、やっぱりなんか空しくて」

ふーん。

で、そのロボットって、どういう形してんの？　人型？

「そういうんじゃなくて、部屋に人間対応装置がついてて、部屋がロボットなんです」

じゃ、寝てると部屋が歩き出したりすんの？

「そういうんじゃないんです」

ロケット砲とかは？

「仕込んでないですよ。部屋の中に監視装置が付いていて、帰ると〝お帰んなさい〟って言ったり、あくびすると〝眠いの？〟とか言うんです」

ご飯は作ってくんないの？

「掃除とか、洗濯はしますけど、料理は――。レンジに入れると〝ちょっと待ってて〟とか、〝あなた出来たわよ〟って言うんです」

高くないの、そういうの？

「結構高いですよ。親が森林持ってたんですけど死んで、カナダ人に山売って、それで兄貴やなんかと山分けしたんですけど、なんかね、もう家に帰ると、いちいちなんか言われてうるさくて。金だってもうそんなにないから、部屋出ようとか思ってんです」

君って、いろんな物語持ってんだね。

「そうですか？　でも、別にいいことないですよ」

誤解されてるけどさ、物語って大体は不幸な話よ。不幸な話をなんとかしようと頑張って、ハッピイエンドにするんだけど、しんどいから不幸のまんまで終わっちゃうか、適当なとこでメデタシメデタシってことにしちゃうのよ。

「そういうもんですか？」

そうだよ。その、マンションの部屋に対応装置付けて喋らすってのも、「こうしとけば寂しくないでしょ」っていう、適当なハッピイエンドだよ。

「言われてみりゃ、そうですね」

あ、そうだ。君のことロボット君て言っていい？

「いいですよ」

やっぱりさ、なんか名前覚えられないんだよ。「君は――、なんだっけな？」までは分かるんだけど、その後が出て来ないんだよ。

「そうなんですか？」

でもさ、君がロボットと一緒にいると思うと、イメージが湧きやすいんだよ。「あ、そばにロボットがいるんだな」って、具体的じゃないか。

「でも、そばにロボットはいないんです。部屋全体がロボットなんです」

そんなさ、化け物の口の中に住んでるみたいのより、「形のあるロボットと仲良し」の方がいいよ。形があるものって、大事だぜ。

「そうですね」

君って意外と、不幸が身に沁みないタイプ？

「あ、そうかもしれませんね。じゃないと、押し潰されてやってけませんもんね」

深いね。

「そうですか？」

そうだよ。希望というのはね、しんどいもんだよ。灼熱の砂漠の先の先の茨の茂った野原の先の断崖絶壁の上で宙に浮いてるようなもんだから、希望なんか見てしまうととんでもない苦労をしなきゃいけなくなるんだ。

「前に、砂漠体験型のテーマパークに行ったことありますけど」

そうなんだ。

で、君は今日なにしに来たの？

「国会解散です」

国会って、解散したの？

「しました。どう思います？」

そうか——。

で、なんで解散したの？

「任期満了問題です」

そうか。任期満了かァ——。

ちょっと、落雁食っていい？）

# 白紙の巻

# 病院に行ってましたの巻

（あ、あ――。どうだろ？　だめだ。ふらふらする）

（寝てよう）

（うう、どうしよう？　まだ眠い。なんかだるい。やる気がない。なんでまだ生きてんだ？めんどくさい）

（困ったもんだ、起きてるよ。ずっと寝てるとバカになるな。別に起きてどうするってこともないが――）

（起きるしかないのかな？）

（はい、分かりました。起きました）

（あーあ、懶い）

一月ばかり、病院に行ってました。

（あー、この一行書くだけででろでろに疲れた）

（この年で病院行ってどうするんだろうな。しかも、退院するってなァ。俺はもう、九十幾つだぞ。うっかりすりゃ、もう百だぞ。身寄りがないんだぞ。「お大事に」って言われて、一人で仮設に戻ってどうすんだ？　うっかりすると死ぬぞ）

（ああ、もう言語矛盾だな、明日死んでもおかしくない人間が病院に入って、「お大事に」って言われて出て来て、ボーッとしてるんだから、最早言葉を失うね。どう「お大事に」すりゃいいんだろ。俺なんかもう、何十年も前から全治のない東京都指定の難病患者になって、「死ぬまで薬飲んでなきゃだめですよ」って言われて、言った主治医がもう死んじゃってて、こっちは東京大震災で東京から遠く離れた日光の杉並木の辺まで来ちまってて、「改めて栃木県で難民申請して下さい」って言われて――）

（あ、違うな。多分、難民申請じゃないな。難病申請だな。でもこっちは、東京からやって来た避難民だから、似たようなもんだな）

（テレビ点《つ》けよう）

（そっか、フジテレビはソフトバンクに買収されたのか。ＴＢＳはパチンコ屋だろ？　ソフトバンクはあれ、どっかの弁当屋の傘下に収まってんだよな。これはあれかい、花登筐の『どてらい男《ヤツ》』のリメイクかい？　今時の年寄りがこんなもん見て反応するのかね？『ひみつのアッコちゃんと機動戦士ガンダムのゆかいな仲間たち』がゴールデンだもんな）

（ああ、眠い。今度起きて腹減ってたら、うどん食おう。うどんが食えると思うと、寝るのもこわくないな。うっかり眠るとそのまま死んじゃうかもしれないし。ああ——）

（何時だ？　もう暗いな。電気つけないと、誰かが「なんかあったか？」と思ってやって来るから。放っときゃいいのに。もういい年なんだから）

（しかし、放っときゃいいって、まだ元気だから言えるんだよな。やばくなると、「あ、痛ェ、う、痛ェ」って騒ぎまくって、立ち上がろうとしてすっ転んで、「どうしたんですか？」と人がやって来る仕組になっている。苦しいとどうしても、「放っといてくれ」にはなんないな。なにしろ、「痛、痛、痛、バカヤロー」と叫んでしまうしな。苦しいことが、「生きたい」と思う者の命の叫びであるにしろ、俺なんかもう、ホントに死んでていい年なんだから、「生きている証」にやって来られても困るんだよ。毛細血管が炎症を起こす病気はともかく、狭心症は苦しいからね）

（どうしてこういうややこしい病気がシンクロすんだろ？　心臓はともかく、誰が自分の毛細血管のあり方を意識して生きるよ？　その病気の当人の俺が「よく分かんない」のまんまでい

るのに）

（死んじゃえば楽だが、死ぬのには努力がいる。死なない人は、しょうがないから生きている。生きていると苦痛がやって来る。ああ、めんどくさいって、もう何十年もそうだもんな）

（入院してる時に夢を見た。六十で入院してる夢だ。「ああ、入院してると仕事しなくていいな」と、夢の中で思ってた）

（リアルだから困るんだよな。目が覚めて、「あ、俺はまだ六十だ」と思った）

（入院のシチュエーションが同じだってだけで、九十八の病人が今更六十の病人になってなにが嬉しいんだ。すごーく若くて「六十」っていうのは、へんなもんだよな）

（「若くて六十」ね）

（前に入院してた時は、子供の時に腎臓患って一ヵ月絶対安静で寝てた時のことを思い出した――というよりも、頭がその時とシンクロして、半分「今は昭和三十年頃だ」と思ってた。そう思ったら楽で、子供の時のことをやたらと思い出してた。その時にやたら思い出してたから、今更思い出すことがなんにもない。思い出してもなんともない。「なんともない」と思ってるから、思い出す気もない。見慣れたエロ本を見続けてると、逆さにしても横から見てもなんにも感じないというのと同じだな）

（思い出せる最下限が六十ってのは、すごいな。環境が同じだから、そのまんまスライドするんだな）

（入院すると、ジジーばっかりの病室に入れられる。別にババーばっかりの病室になんか行きたくないが、ジジーだらけの病室は、暑いんだ——昔も今も。看護師の女相手に一人で勝手に喋ってるジーさんもいるが、バーさんと違って、ジーさんは大体黙ってる。見舞の人間もそんなに来ない。部屋の中はシーンとしていて、でも温度だけは高い。男の方が女より筋肉量が多いから、体温が高いとは言うけれど、筋肉量の減少したジーさんだぞ。それなのに、ジーさんばっかりだと部屋の中が暑い。やだよ。呪われてるみたいだ。それで、うっかり眠ると、条件が同じ六十の時の入院中を思い出して、「自分は今、六十か——」って思ってしまうんだな。裸の大将なんだな）

（今の自分が六十になって、なんのいいことがあるんだろう？　すごーく若くなってるはずなのに、でも全然若くない。そんな矛盾に満ちた不条理の中に自分はいるんだなと思っても、若くはないから、もう笑えない。「いるんだな」と思っておしまいだ）

（年取ると、喜怒哀楽ってなくなるんだな。なんだかよく分からない平衡状態の中にいて、気に入らないことがあった時だけ、ムカッと反応するんだな。は、は、裸の大将なんだな。握り飯なんだな）

（突然、地雷を踏んだみたいに、爆発すんだな。テレビ見てると「ええい、死んでしまえ！」とテレビに向かって言うんだが、突然なんかを思い出して不快になると、ドカーンと地雷が破裂するんだな。脳味噌のどこかが地雷を踏んで、それを言葉にしようとするんだが、口を動かす筋肉につながってる神経がもうガタガタだから、「えーと、俺はなにを怒ってんだっけ？」と理解する前に、言葉にならないものが爆発しちゃうんだな。だから、とりあえず手を動かして、文章にしてみるのがいいんだな。喋るより、手動かす方がずっとのろいから）

（それは分かってんだけどね、でも、体を起こすのがめんどくさいんだな。この年になると、それだけでも大労働だから）

（でもまァ、一人でよたよた立ち上がって、杖突いてそこら辺歩いてる分には、平気なんだな。なんにも考えてないし。しんどくなったら、座れそうなもの見つけて座っちゃうし。しかしこの前は、緑の石見つけて「座れそうだな」と思って座ったら、石じゃなくて草の塊りで、「ああ」と素っ転んで、ずーっとそのまんま倒れて空を見上げて、「このまんま死ぬかな」と思ってた。地球の上に腰を下ろして、移りゆく宇宙の姿を見上げてんのが、年寄りには一番向いてるかもしんねェな。転んだり、首が痛くなってケツも痛くなるけど）

（そうだそうだ。昔、退院した後、原稿書いててやたら疲れて、「原稿書くってすごく疲れるんだねェ」と編集者に言ったら、「今頃分かったんですか？」とあきれられたが、そうなるまで分かんなかったんだから、しょうがないじゃないか）

（あーあ、残り少ない人生を生きるためには、横になってぶつくさ文句を言ってないで、起きてちゃんと、思うことを文章にしなければいけないんだな。一銭の金にもなんないけど、うるさいことを言う校閲者もいないから、その分楽か――）

（でもう暗いから、今日はうどん食って、『朝までダラダラ生てれび』を見て寝てしまおう）

（それにしても、「なにもない」というのは楽だな。「ない袖は振れん」と言うと、どんなめんどくさいものもかわせる。借金がなけりゃ、ろくな稼ぎがなくても平気だし、金がなけりゃ、ガタガタになった家を建て直す必要もない。家族がなけりゃ、「俺ァ知らねェよ」と言う必要もない。寿命がなけりゃ、未来のことを考える必要もない。明日生きてた場合にしんどくならないように、ちょっとばかり生きることに真面目になりましょうってだけだが、よく考えりゃ、俺は昔からずっとそんなもんだもんな。ああ、もうめんどくさいから明日考えよう。『明日に向って撃て！』だよな。見てないけど）


（朝なのか？　雨降ってら。めんどくさいから寝ちゃお）


（ああ、まだ夜じゃないな。いつまでたっても変わらないから、少し前向きに生きるか——）

（よし。後世の人のために、東京大震災の顛末を書いておこう。きっと、後世の人はこんなものを読みゃしないだろうが）

（三行以上の文章読めないのが今のやつだから。「後世のやつら」というのは、どういうんだろ？　ペンギンみたいによたよた歩く生き物になるのかな？　それまで地球がもちゃいいが）

『東京大震災顛末記』

（ああ、俺はまだ辞書を見なくても「顛《てん》」の字は書けるな）

（タイトルだけはカッコいいが、きっと中身は違うな。よく考えたら、俺は、腰を抜かしてただけで、事の顛末も一部始終も知らねェもん）

それが起こったのは、何年前のことだったか。

（何年前だったんだ？　よく分かんないな）

私は杖を突いて歩いていた。すると突然、足下が揺れた。

（よく考えたら、地震というものは突然来る。予兆はない。しようがないね。いつだったか分からなくて、突然なにかが起こったんだから。もうＳＦか幻想文学だね。『源氏物語』ではないね）

確か私は、歩道橋を上りかけていた。

（「すると突然、足下が揺れた」の前に入る部分だが、書いてから「あ、抜けてた」と気づいたので、もったいぶって「確か私は」と続けた）

（なんだよ俺は？　関東大震災の再録を書いてんじゃないんだからさ――）

（ま、いっか）

ともかく、歩道橋の階段の上で腰を抜かして座り込んでいた。やたらと揺れて、歩道橋の階段にしがみついているのがやっとだったが、三段だか四段重ねの道路の方は大変なことになっていて、火の手が上がっていた。

私がぼーっとしていると、どこかから「大丈夫ですか」という声が聞こえた。

道路際のマンションの二階だか三階の窓から、若い兄ちゃんが顔を出して、「大丈夫ですか」と言っていた。

私は「はい、はい」と答えた。たぶん、「大丈夫です」と言うつもりだったのだろうが、なにしろ年寄りの急なことで、なんだかよく分からないうなずき方をしてしまった。

歩道を行く人は、急いでなんにも見ない。歩道橋の階段の途中にへたっているジーさんのことなんか知らない。「あー、死ぬかな」と思っていたら、例の兄ちゃんが階段の下にいて、また「大丈夫ですか？」と言った。

ほんとにボキャブラリーが少ないなと私は思ったが、その時の私はもっとボキャブラリーが少なくて、「ああ、ああ」としか言わなかった。当人的には、「この階段はグラグラしていて危いから、来ない方がいいよ」と言うつもりだったのだが、実際は「ああ、ああ」だけだった。ほんとにまぬけなくそジジーだ。

兄ちゃんは階段を注意して上って来て、私のいるちょっと下で止まって背中を向けた。私は彼に背負われて階段を下り、避難所まで行ったのだが、彼はそれほど背が高くなかった。背中を向けて「つかまって下さい」と言ったので彼の背中に手を回したが、私の方が背が高かったので、だらんとした足の先が階段をグダグダと引きずっていた。

私は二十五の時、盲腸の手術で入院した。ふと気がつくと、下腹がへんな風にグリグリして、それは夕方だったが、「きっとこれは盲腸だ」と思って一夜を明かし、朝になって近くの病院へ歩いて行った。医者は「盲腸ですね」と言って、「いつから痛みましたか？」と言うので、「昨日の夕方です」と言ったら、医者は「十五分で手術は終わりますよ」と言って、私はそのまま入院した。十五分で終わるはずの手術は四十五分もかかって、「腹膜炎の一歩手前でした」と言われた。まだ青春の時間帯だったので、病院は木造の二階建てで、手術室は一階にあった。もちろん、エレベーターなんかはない。手術が終わって、まだ麻酔で体の半分がしびれたまま手術台に横たわっている私に向かって、巨漢の看護婦は背中を向けると、「つかまって下さい」と言った。本当に巨漢の看護婦だったのだが、背だけは私の方が少し高かったので、私はその看護婦の背中にぶら下がったまま足だけを引きずって、二階の病室へ運ばれて行ったのだ。歩道橋の上で兄ちゃんに「つかまって下さい」と言われた時に、そのことを思い出した。

（どうして俺の思い出すことは、絶対安静の病気とか病院のことばっかりなんだろう？　別に病気がちの人間でもなかったのに。それでも、たかだか盲腸の手術で、俺は三週間も入院していた）

隣の病室に後から中学生の男の子が盲腸の手術で入院して、それが一週間もしないで退院してしまった。巨漢の看護婦に「隣の中学生はもう退院しましたよ」と言われた時、「あんたはバカだからまだいるのね」と言われてるように思った。

(よく分かったけど、私は自分の遭遇した大地震になんか、ちっとも関心はないんだな。だって、何百万人だかもっとが被害に遭ってんだから、その顛末なんかそっちの方に聞きゃいいんだもん。今更だけど、私的には「あ、そうなんだ」でしかないんだね)

(年取ると、自分の外側のちょっと離れたことにはほとんど関心がなくなるんだね。思考の範囲が狭まって、見える範囲が限定されちゃうから、しょうがないんだね)

それで私は、「すいませんけど、杖忘れちゃったんで、取って来てくれませんか」と、兄ちゃんに言った。正確なところは、「杖、杖、あそこ」でしかなかったと思うが、兄ちゃんは理解してくれて階段を上がると、杖を取って来てくれた。

それで私は避難所に行ったというか、兄ちゃんに連れてってもらったのだけれど、その以前からろくに歩けなくなっていたから、いろんなものが降って来そうな歩道の端に座り込んで、休み休み「いいから先へ行って下さい」と兄ちゃんに言って、それでも兄ちゃんは不憫な老人を見るに見かねて、付いて来てくれた。

避難所というのが、なんだか分からない。昔、避難所だと聞いていた小学校はもう廃校になっていたから、私はどこへ行ったんだろうか?

ともかく、避難所に着くと、薄暗い中に人がいっぱいいいた。東京にしか人がいないような時代に東京が大地震に襲われたら、もうほとんど全員が被災者で、足の踏み場もない。いつの間にか兄ちゃんはいなくなって、若いバーさん女に「こっちです」と案内されて、たぶん、体育館の床の一角に座らされた。

座ったら疲れて、寝てしまった。寝るのが老人の最大の仕事だ。

それで、避難所生活をしていたが、たいした記憶はないな。黙っててもおにぎりとアンパンくれてたから、それでいいと思えばそれでいいな。便所で二時間の順番待ちはやだったが。腰は痛かったはずだが、体感はもう半分死んでるからよく分からない。

「俺の家はどうなった?」の以前に、「ここはどこだ?」の避難所にいるから「俺の家はどこだ?」で、まるで足の腱を切られた安寿と厨子王の母親がさまようように我が家を探し求めて、「あ、ここだ」と思って中に入ろうとしたら、「危険だから入っちゃだめですよ」と誰かに言われた。二階だか三階の天井が抜けて傾いているんだそうな。「じゃ、もう建て直さなくていいんだ」と思って、ほっとした。

九十過ぎの身寄りのない老人が、なんで自分の住む崩れた家を建て直さなきゃいけないんだ。そもそも、こんなもん俺が好きで建てたんじゃなくて、死んだ母親が建てろと言って建てたもんだから、建築費の支払いが終わったら、もうぶっ壊れたっていいんだ。俺は避難所で一生終わったってかまやしない。にぎり飯とアンパンくれるんだから、いいじゃないか。便所の我慢は大変だが。

噂によると、一人暮らしの家が傾いて取り壊し費用の払えない老人の家を取り壊す費用を東京都が負担して、それで財政が破綻しそうだっていうけどね。そんな話を聞いて、どういうわけだか私は、「そりゃよかった」と思ってしまった。難病の治療費を東京都から援助されている身分のくせに。

それで私は、避難所から仮設住宅へ移されることになったが、仮設の建設が間に合わない。震源が東京湾沖で、神奈川、東京、千葉の沿岸部が津波でやられて、埼玉の方は液状化現象でグチャグチャになってるから、被害地域と被災者の数が多すぎて、仮設の数が間に合わない。仮設に入るのは弱い年寄りと子供のいる家族が中心だっていったって、人口の三分の一が年寄りで、その半分以上が一人暮らしなんだから、どう考えたって数が足らない。

(よく考えたら、こんなこと、どこかにいくらでもデータで記録されてんだから、俺がこんなもんに書いたってなんの意味もないが、それでも書いてしまうのが年寄りだ)

それで、多摩の奥地に出来た仮設に入れるという話が来たが、なんと、二DKの仮設に年寄り四人で一緒に住めという。「なにぶん、数が足りないので――」と言うが、やだよ。

ジジーばっかの病室にいたら暑くなるって知ってるんだ。ジジーばっかりだと、負のオーラを漂わせて、なんにも出来ないままボーッとしているだけになるから、そんな中にいたら、精神状態がおかしくなると訴えたら――訴えた相手が「なにかの係の人間」ということ以外なにも知らないが、「最近は、そういうお年寄りばかりでなく、元気で何事にも積極的な方が多くいらっしゃいますよ」と言われた。

やだよ。明るく元気のいいジジーなんて。すぐラジオ体操に誘われる。バーベキューしたがって、すぐにフォークダンスしたがるし。修学旅行でやたらトランプしたがるガキがジジーになったみたいで、「やだよ」と言うとすぐにシュンとする。たいしてすることもないのに前向きのジーさんというのは、形容矛盾みたいなもんじゃないか。

「ジジーはやだ、ジジーばっかの共同生活なんかやだ。どんなボロ家でもいいからシングルルームにして下さい」と言った。「そういうのは栃木県の日光の杉並木の方にしかありませんよ」と言われた。

「いい、いい、それでいい。日光の杉並木のどこが悪いんだ」と思っていたら、杉の木にプテラノドンが巣を作っていた。

それでも、ジジーと面突き合わせているよりよっぽどいい。

(しかし俺は、なんでジジーが嫌いなんだろう。私が嫌いになるジジーなんかより、私の方がずっと年取っていて、世のジジーは私なんかに比べりゃずっと若者なのに。俺より三十下でも、もう七十なんだよな。数えてみれば。体はどんどん年取るし、頭の方だって「自分は年寄りだ」と思い込もうとするけれども、それをしても私の頭の真ん中には「若い私」が残っていて、自分よりもずっと若い若者を「ジジーだ」と思っているのだな。握り飯だな)

(よく考えると、自分よりずーっと若い年下の人間であってももう年寄りだというのは、一種

のホラーだな)

我々はホラーの世界に生きているのかもしれない。

# 女はこわいよの巻

退院して一ヵ月たったら、風邪を引いてしまった。今年の風邪はしつこいと言いたいような気がするが、今年の風邪のせいじゃなかろうな。どの年でも、この年だったらすぐにゃ治らん。

「もういいかな」と思って起きてみると、ふらふらする。「いいかな」と思ってると、ゲホゲホと咳が出て、鼻がグジュグジュで（鼻じゃねェな、鼻水は洟だな）、ティッシュペーパーの箱がすぐ空になる。

昔ならコンビニへ買いに行ったが、ここじゃコンビニへ行くのにもバスに乗らなきゃならぬ。表に立って洟垂らしながら、同じ仮設の誰かが買い物に行くのを待って、「すみませんがティッシュ買って来て下さいませんか」と、物乞いのように頭を下げる。すると親切な近所の人間は、哀れな老人を見かねて、「ウチの一箱上げますよ」と言う。

しかし、その一箱がすぐになくなってしまうんだよな。意を決して五箱パックを買いに行ったら、バスを下りる時にすっ転んで、ティッシュの箱をつぶしてしまった。

まァ、ティッシュの箱の角にぶつかったのはちょいと痛かったけども、大昔の香港映画のダンボールみたいに、墜落のショックを緩和する役には立ったわな。人は、「大丈夫ですか？　大丈夫ですか？　レントゲン撮らなきゃ」とか言ったけど、それをしにまたバスに乗ってすっ転んだらたまんないわな、と思って「大丈夫、大丈夫」ということにした。

骨が折れてても、気がつかなかったらそれでいいんじゃねェのか。もう年だし。生きてんだか死んでんだか、ふらふらしてよく分かんねェよ。ふらふらしてることだけは分かるんだから、生きてんだよな。多分、幽明の境辺りを、ふらふらしながら歩いてんだろうな。よろけながら。

生きてる実感があるんだかねェんだか分かんねェよ。というか、「生きてる実感」がどんなものだったのか、もうよく分かんねェもんな。生きる実感もへったくれもなくて、血液の量が減ってんじゃねェのかな。いくら洟かんでも、鼻の頭が痛くならねェし、紅くならない。「なぜだ？」と問う前に、血の気が薄くなって、血が白くなってるのかもしれん。

洟をかんでるつもりで、ハナじゃなくて脳味噌が鼻から垂れてるのかもしれんし。

蟹もそうやってやせるのだろうか。蟹の身がスカスカになるのは、ハナや脳味噌とおんなじで、溶けて体の外に出ちまったからなんだろうか。殻だけは立派なのに。

昔食った、パンパンに身のつまった蟹の脚はうまかった。パンパンのくせにとろけそうで、甘味が濃いんだなァ。脚一本の半分だけで満足しちゃったなァ。

だからといって、今蟹が食いたいわけじゃねェな。突然思い出して、蟹という漢字が書きたくなっただけだな。

# 蟹

蟹　蟹　蟹

ああ、生きてる実感がする。
字画の多い漢字はいいな。鎧とか。

# 鎧

百足もいいな。

# 百足

スティーヴン・キングの『シャイニング』で、スランプになった小説家の主人公が

（あ、眠ってしまった）

（なに書いてたんだ、俺は？　なんだ、百足《むかで》って？）

（ああ、スティーヴン・キングか。レッドラム、レッドラムね）

冬場のゴーストホテルの管理人になった主人公が、小説を書くんでタイプライターを打ち始めるんだ。そうするといつの間にか「レッドラム、レッドラム、レッドラム」って、同じ単語ばっかり続くんだ。

なんのことだか分かんないが、それが「マーダー」の綴りを逆にしたものだって気がついて、ギョッとするんだ。

（ああ、英語の綴りが分からねェ）

それ以来、「レッドラムって書いたらもうおしまいだな」と思っていたが、蟹や百足なら大丈夫だ。

うっかりこれを読んだ後の人間が、「最晩年の橋本治は蟹を食いたがっていた」なんて思い

込んだら大変だから、ここではっきり言っておく。私は昔、「蟹食べ放題コースのご宿泊」というのをやって、死ぬほど蟹の脚と白菜だらけの蟹スキ鍋を食わされて、「もう蟹なんか食いたくない」と思った人間なのだ。

病気中で疲れると困るから、今日はこれくらいにして、薬呑んで寝ちゃお。明日、病院に行かなきゃいけないしな。


今日は朝から寒かった。

あんまり暑かったり寒かったりすると、こわいんだ。昔はそんなことなかったのにな。難病以来だな。ずーっとこわいんだ。寒いと思う前に、こわいもんな。だから風邪引くんだ。昔はバカだから風邪引かなかったしな。

風邪引いてるのに病院行くのな。風邪の診察じゃなくて、難病状態の定期観測ね。「どうですか？」と聞かれて、「相変わらずですね」を、私は何年続けているのだろうか。今日は、「相変わらずですね、風邪引いてますけど」だったが。

私は、免疫力が低下する病気なんだ。昔は赤血球が減って、すぐに軽い酸欠状態になったから、今になって血の気が薄くなっても不思議はない。「免疫力が低下してますから、感染症には気をつけて、人込みに出る時はマスクを忘れずに」と医者に言われたのは、何年前だ？

（ああ、計算がめんどくさい）

「感染症に気をつけて」はいいが、そう言われた人間が風邪引いちまったらどうするんだ？どうともなりゃしねェ。ただ、風邪の引きっぱなしになるだけだ。

何回か風邪は引いたけど、別に死なないな。九十八になってガタガタなのは、難病のせいか、年のせいかは分からない。そういう人がわざわざ、病原菌の渦巻く病院へ、「どうですか？」「相変わらずですけどね」という会話を医者と交わすために行くのだ。

医学の進歩はどうなってるんだろうか？

この年になっちまえば、もうどうでもいいようなものだが、その昔に「全治はない」と言われた私の病気は、もう治るものになってるんだろうか？　治ってるんだったら、指定難病の認定証だか免許証みたいなもんは送って来ないし、こっちだって、杖突いて病院まで「相変わらずですけどね」と言いに行く必要もないだろうに。

別に、今更医学なんか進歩してくれなくてもいいんだけんども。医学なんか進歩したってろくなことになんねェぞ。

病院出て、バス待ってると、病院の先に団子屋の（あーなんだ？　ノボリの漢字はなにヘンだ？　織じゃないし、手ヘンじゃないし。あ、幟だ）幟が見えた。ずっと前からあるのは知ってたけど、今日に限ってなんだかひどく団子が食いたくてたまらなくなった。まだ、風邪の気味が残っていたんだろう。みたらし団子が食いたくてたまらなくなった。それで、ボランティアのバーさんに、「団子買いに行ってもいい？」と、小学生のようなことを言った。

私より三十五も年下のバーさんは、

(俺より三十五年下だといくつなんだろう？　ああ、計算がめんどくさい)

「そんなら私が買って来ますよ」と言うから、「いい、いい、いい、少しは歩かなくちゃ死んじゃうから」と、常々思うこととは逆の矛盾することを言って歩き出したが、バーさんはこっちの足許を見ながら、「大丈夫なんですか？」と言ってついて来た。

目の前に織は見えてんのになァ、病院の前のロータリーをぐるっと回って行くと遠い。時速0・5キロのよたよた歩きだと、遠い。俺の足許を見て「大丈夫ですか」と言ってついて来たバーさんの方が、道のなにかに躓いてこけそうになった。常人のテンポとは違うよたよた歩きは、そのように常人にとっては危険なのだ。

バーさんが「あわッ！」とか言ったから、私は杖を軸にして常人の五倍くらいゆったりしたスピードで振り返りかけたが、こっちが振り向き終わる前に、両手を大きく泳がせてスキップしたバーさんが「おっとっとっと」と立ち止まって、「はァ、はァ」と息を吐いていた。

年寄りは反応速度が鈍いから、多分、かなりの間ストップモーションで口を開けたままになっていた私は、立ち直ったバーさんに、「足首の骨折ってないか？　年取ると骨折りやすいぞ」と言った。

誰の口から出る言葉だよ。

バーさんが立ったまんま息を整えてるのを見て、私はちょうどいいから、道路脇の石造りの花壇の縁に腰を下ろそうとした。なにしろ、病院前の通路は大きくカーブしたスロープの下り坂だから、ちょっとしんどいのだ。
そのくせ、なんで「団子食いたい」などという欲を起こすのであろうか。
なんか、団子が食いたかったのだ。
団子　団子　団子
団子　団子　団子
団子
ああ、またスティーヴン・キングに取り憑かれてしまった。でも、「団子」を逆に書いても「ごんだ」で人殺しとは関係ないからいいか。
団子　団子　団子
団子　団子　団子
（調子に乗ってんじゃねェ）
（もう一こだけ――）
団子

私が花壇の縁に向かって手を伸ばしかけた時であった。なんだって、地方都市の花壇には時季はずれのマリーゴールドがいつも植えてあるんだと思ったのがいけなかったのだろう。目測を誤って手の先が空を切った。

（すごい、アクション小説のような描写だな）

私の膝に冷たいものが当たって、掌に固い衝撃が来た。早い話、今度は私の方がすっ転んだのであった。

「あたーっ」と思って、すぐに「お団子なんか買いに行こうとするからいけないんですよ」と、バーさんに言われると思った。

こけたらこけたで、すぐになんか立ち上がれねェから、まずコンクリートの歩道の上に手脚を伸ばして、べたっと寝転がった。両手両膝を突いた四つん這いから機敏に立ち上がるなんて、出来ないからよ。

私がやっとの思いで道路に仰向けになると、バーさんが慌てて、「どうしたんですか、大丈夫ですか」と声をかけたが、まァ、私の行動は、普通の人間の倒れた時の行動ではなかろう。

私は両手を突いて、それを支えに上体だけを起こして、「杖、杖」と言った。

私の持ってた杖は転がって、バーさんは、「杖ね、杖――」と言って辺りを探し回る。そこへ、病院の方から白衣を着た医師達がストレッチャーを押してやって来る、というわけではなかった。

「どうしたの、シモジマさん？」という声がした。

見ると、車道に車が一台停まって、そこから奇妙な物体が顔を出していた。

白塗りのジャバ・ザ・ハットかと思ったら、人間の顔だった。

私の杖を探していたはずのバーさんは、そういうのを無視して、「あらら、ヒラマツの奥様」と言って、車の方に、あんまり走ってはいなかったが、それに近い速度で駆け寄った。私は、その「ヒラマツの奥様」という言葉で、車に乗ったジャバ・ザ・ハットが人間の女だということを知った。

バーさんの教えるところによると、その化け物は県知事の母親で、百十五歳になる「我が県最大の実力者」なのだという。

百十五で生きて歩いてるんだったら、ホントに化け物だ。

後で、「県知事っていくつだよ？　百十五歳のバーさんだったら、母親じゃなくて祖母だろう」と言ったら、「いいえ、お嬢さんですよ。私より、いくつだったかな、お嬢さん年上で、七十二とか三じゃなかったかな。四十過ぎの高齢出産だから、お嬢さんですよ」と、バーさんは教えてくれた。

そう言や、私の難病の免許証だかなんだかに書いてあった知事の名前は、女だったような。七十すぎで「お嬢さん」で、百十五で「お母さん」か。そう言や、テレビで県知事の顔は見たことあるな。ずん胴の相撲取り体型で、真っ赤な服着てたな。「お嬢さんの服は、みんな奥様のデザインなんですよ」って。ああ、俺は呪われた土地に来たのかもしれない。

だから、医学の進歩なんていらねェっていうんだ。

バーさんは、車の中のジャバ・ザ・ハットとなんか喋ってた。バーさん達が喋り始めるともう止まらねェんだ。私ァ、道にベタッと腰を下ろして脚を投げ出して、切れ切れに聞こえて来るババー同士の話を聞いていた。

百十五の奥様は「どうしたの?」と言って、バーさんは、「私が付き添いで来た人が、お団子買いたいって歩き出して、転んじゃったんですよ」と、あながち間違いではないが、それほど正確ではないことを言った。

奥様は「やーねェ」と言って、バーさんは、「昔有名だった作家の人だっていうんですけどね」と言った。

果して、「昔有名だった」というのは誉め言葉になるのであろうか?

すると奥様は、どうやら「川端康成みたいの?」と言った。

私は、川端康成じゃない。なんだって川端康成が出て来んだ? そういうモノサシしか持ち合わせてねェのか。

川端康成しか作家を知らない「奥様」は、車の中からこっちを見ていた。なにを思ったか、ドアを開けて車の中から姿を現した。ドアのステップがウィーンと下がったから、当然車椅子だと思ってたが、百十五歳の奥様は、自分の足で立って出て来た。やっぱり化け物だ。

窓から覗かせる顔だけ見たらジャバ・ザ・ハットみたいだったが、出て来た体はそんなに大きくない。ずん胴で、着物を着ている。テラテラの絹物だからこわい。小柄で顔がでかくて、『不思議の国のアリス』に出て来たハートの女王みたいだなと思ったが、もっと違う誰かに似ている。ええっと、あのティム・バートンの映画でやったヘンナ・ボナム・カーターのハートの女王だ。寸づまりの。顔は、昔いた天童よしみに似ていた。彼女はまだ生きているのだろうか。『アキラ』に出て来たミヤコ様かもしれない。

小さいが、体は相撲取り体型だ。あれくらい骨がしっかりしてないと、長生きは出来ないな。あれで、顔相応に体がでかかったら、圧迫骨折で長持ちはしないわな。

そのドレスじゃない着物姿の「天童よしみのハートの女王」が、スロープの道をゆっくりゆっくり歩いて来て、足を投げ出して地面に座っている私の前に立った。

私について来たバーさんは、その腰元みたいに後に従って、もう一人、制服に制帽姿の運転手も、車を下りて付いて来た。ホントに今時、制服制帽の運転手なんているんだな。この自動運転のご時世に。よく見たら、帽子の下の顔はジイさんだった。七十すぎても「お嬢さん」だから、きっと「若い運転手」なんだろうな。

私の前に立った「奥様」は、当然、見下すようにして、「あなた、昔有名だったの？」と言った。

「有名だったかどうかは知らねェな」と言うと、百十五歳の奥様は「なんていうの？」と私の名前を聞いた。口紅は赤いが遺跡の赤で、顔は織目の粗い布に黄名粉をまぶしたみたいだった。しかし、「あなた昔有名だったの？」という尋ね方があるだろうか。

私が名前を言うと、ターミネーターが相手を識別する時のように目を動かして、「知らないわねェ」と言って、「いくつなの？　だらしないわねェ」と言った。

「私なんか、百十五だけど、杖なしで歩けるわよ」と言った。

だから、医学の進歩なんかいらねェんだと。

この、「私はあなたよりエラい」というカードゲームみたいな出し方が好きな女は、地方にはよくいるけど、「このババーもそれか」と思った。ほんとに、エラい山の頂上に棲むカエルだな。

私があきれていると、奥様は背をのけぞらせて、花魁道中の外八文字みたいなよろよろした足取りで前に進み出したので、私はつい「こけろ！」と心の中で念じた。

すると、なんということだろう。一歩、二歩行った百十五歳はこけた。

制服姿の運転手は、突然、関節がはずれたロボットみたいになり、私に付いて来たバーさんが「奥様！」と叫ぶと、車のドアを開けて、中から顔がパリパリに突っ張った、昔の秋野暢子と安藤和津を足して二で割ったみたいな、多分若いんだろうが正確にはよく分からない女が、手持ちの電話になんかを叫びながら飛び出して来た。

「あれも娘？」と言うと、バーさんはちらっと振り返って、「違いますよ」と言った。

「じゃ、女中さんとかそういうの？」と言ったら、「そうでしょ」と言った。

そこで百十五が倒れてるのに、周りはみんな年寄りだから、悪気はないのに、のたーっとぼんやり見てる。電話持った「パリパリ女」の足音だけが響いて、すぐに病院の入口から、ストレッチャーを押した白衣の男の集団が現れた。さすがに「我が県最大の実力者」だ。

道路には、私と「奥様」の二人が倒れている。白衣の集団は私の方もチラッと見たが、「秋野暢子となんかを足して二で割った女」は、「違う、そっちじゃない！」と、無言で男達に指図をした。

しかし、この女は何者だろう？ 秘書だかなんだか分からないが、奥様が外に出てったのに、自分は中にいて、運転手に「付いて行け」と言ったんだかどうか。謎だね。

白衣の集団は「ミヤコ様」をガーッと音を立てて運んで行った。パンデミックじゃないから、別にビニールをかぶせなかった。

（しかし、我ながら驚く。なんだってパンデミックなどという単語がうっかりと出て来るのだろうか？ 花魁《おいらん》や外八文字《そとはちもんじ》はわかるけど。これも謎だね。パンデミックって、なんの意味だったか？）

白衣集団の一人は、私にも「大丈夫ですか？」と聞いてくれた。なんと情け深い人だろう。

私は、「大丈夫です、ここに座ってるだけですから」と言って、よっこらしょと腰を上げかけたが、上がらない。そこへ、芝居のようにタイミングよく、黙って付き添いのバーさんが私の杖を差し出した。

白衣の男が見る前で、私はおたおたと立ち上がって見せた。

白衣の男は「大丈夫ですか？」と言ったが、私はバカを装って、「ああ」と言った。

白衣の中はまだ若い兄ちゃんだったが、そんな私を怪訝そうな目で見ていたので、私は目の前で、ヨタヨタとズボンの尻をはたいて、「はい、はい」と、頭を下げて歩き出した。悪い年寄りもいるんだよ。

付き添いのバーさんは、私に「まだお団子いります？」と言ったが、さすがに私は「いる」とは言えなかった。

「バス乗り場まで大丈夫ですか？」とバーさんは言うから、私は「はい、はい」と言って、白衣の兄ちゃんはそれを黙って見てた。親子連れだとでも思ったのだろうか。


次の日になって、私の腰だか尻だか肩だかなにやらはやたらと痛くなった。それでゴロゴロしてると、ローカルニュースが「我が国で最高齢だった、県知事の母親が死んだ」と言った。きっと体の接着剤がはがれてバラバラになったんだろう。

なんだかどうでもいいゴタゴタした経歴が並べられて、「ふーん」と思った私は、せっかくだから、「だらしがないわねェ」と言ってやった。

# プテラノドン退治の巻

　仮設の地区班長がやって来て、「木曜日に杉並木にいるプテラノドンを退治しますから、避難する用意をして下さい」と言った。

　私は「ああそうですか」と言って、「木曜日ってのはいつですか?」と聞いた。無職で仮設に養われてる年寄りに、曜日の感覚なんかあるわきゃねェじゃねェか。

　班長は「明後日です」と言った。「明後日だったら今から避難するの?」と言ったら、「交流センターに移るのは明日ですけど、今日の内に荷物をまとめて下さい。明日の九時に迎えのバスが来ます」と言った。それから、「そういう連絡は、先週に来ませんでしたか?」と言った。

　そう言われりゃそんな連絡はあった気がするが、「はい分かりました」と言ったらそれで安心してそのことを忘れちゃうのが年寄りだから、「来たような気はするな」と答えた。その後に、お愛想で「すいませんね」と付け加えた。

「すいませんね」と言ったら思い出した。「自衛隊が来る」って、メールだかなんだかに書いてあった。メールなんてものを気にしてない年寄りにメールなんて送ったって、二度手間になるだけなんだ。

なんて文句の多い年寄りだ。

（そのことは明確に自覚してるから、頭の方は大丈夫だが、自覚したからといって文句をセーブするわけじゃない。これは性格だからしょうがねェな）

だから、メール見て思ったよ。なんだって、自衛隊は今までぐずぐずしてプテラノドンを放っといたんだって。

（そうか、そう言や、そのことで文句言ったな。ということは、誰かがやって来て、「来週自衛隊が来ます」って言ったんだな）

（ああ、思い出すだけでも手間がかかる）

「なんだって一年もプテラノドンを放っといたんだ」と言ったら、「なんか、いろいろあったらしいですよ」と言った。

（ああ、言ったのは多分、地区の班長だな。なんか、困ったような顔してたから「責任逃がれの無責任野郎」と思ったが、しばらくしたら、「どこ行っても同じような文句を言われるから、それで困ってんのかもしんねェな」と思った。なんの役にも立たないが、私には洞察力があるな）

（そうやって、自分をほめないと生きて行けないな。それで年寄りは、どんどん自省心を失って図々しくなって行くんだな。「自分ほめないと生きて行けない」って、俺はまだ生きるつもりなんだろうか？　もうすぐ九十九だぞ。どうするんだ、ほんとに？）

（「ほめないと生きて行けない」というのは、もっと生きたいということではない。生きて頭の中がボロボロになって、それでもまだ「生きている」の状態になるのがいやだから、まともな頭を守ろうとして、自分をほめて励ますんだ。生きるということはまともな頭を持ち続けるということだが、そんなに理性的に頭を保っているのはしんどくてやだな。なんか、最早生きるということは、それ自体が矛盾に近くなってるな。どうして、自分をほめ続けて理性が保てるんだろうか？　それは、妄想的な判断不能状況に近づくことではないのだろうか？）

（ああ、疲れた。なんにも書いてない紙の上見て一人でボーッとしてるところを誰かに見られたら、「橋本さんも惚けたんだ」と思われるだけだな）

（惚けたっていいじゃねェか、もう九十九だぞ。俺は、百十五まで生きてるクソババァみたいなものにはなりたくないのだ。南無阿弥陀仏、南無阿弥陀仏）

（年寄りが念仏三昧というのは、惚け防止にはいいかもしれないな。「阿弥陀如来様、西方浄土へお導き下さい」というのは、生きる希望だからな。別にこっちは、死んだ後でも生きていたいという気はないが）

（西方浄土へ行けなかった死人がゾンビになるのか――）

(もういい加減疲れてんだから寝よう)

(何時だ？　明るいんだか暗いんだか分かんねェな)

(五時か。日が長くなったんだな。ああ、うっかり眠って起きると肩が痛い。腰も痛い。これで一時間もすると腹が減ってくるんだろうな。薄明の世界で「その内腹が減るだろう」なんてことを考えながらぼやんとしてるのは、いやだと言ってもそういうもんだから、仕方がないんだよお。別れに星影のワルツを歌うしかないな)

(ええと、なんだっけ？)

(明日に自衛隊が来るのか？　明日じゃないな。明日は避難だな。何日くらい避難してんだ？「すぐ終わります」じゃねェな。「どんくらいかかんの？」と言ったら、班長は「さァ」って言ってたしな)

(とりあえず、明かりを点けよう。よいしょ。なんとまァ、寒々と荒廃した部屋であろうか。それが分かるんだから、まだ頭はましか)

(テレビ点けよ)

(お、やってる。ここら辺のことがニュースになるとはな)

(ああ、そうなの。ここまでミサイルを引っ張って来るわけじゃないんだ。ジェット機飛ばすんだ。向こうも飛ぶからね。上からミサイル飛ばすのね。それだから、避難しろってのか。ど

こに飛んで来るか分かんないもんな）

（しかし、プテラノドンが飛んでったら、その先でまたミサイルぶっ放すんだろ？　茨城の方に飛んでったらどうすんの？　そっちも住民避難かい？　筑波山に飛んでって、そっちに巣作ったらどうすんだろ？　ガマ蛙もいることだし）

（ああ、もう舌がろくに回らねェから、モノローグでも巻き舌が使えねェな。一語、一語をはっきりと発音して下さいと。うー、まだるっこしい）

（ハグハグ、ヘノヘノ、ヤマモトヤマ。アワ、アワ、アワ。舌の訓練よりも、どうしても顎の訓練になっちゃうな。アグ、アグ、アグ）

（え、そうなの？　プテラノドンがどこ飛んでくか分からないから、それで一年も「どうしようか？」って考えたの？）

（そりゃそうでしょ。地元の猟友会じゃプテラノドンに歯が立たないよ。有害鳥獣ったって、熊や猪とは違うんだから。空飛ぶんだから。空飛んで来て、人さらってくんだから。ライフルじゃ勝てねェよ。猟友会のジーさんはさらわれて、中禅寺湖まで連れてかれて落とされたんだから。もう、自衛隊しかないよ。ゴジラ対ギャオスとか、そういう世界なんだ。ああバカらしい。なんという現実だ）

（ギャオスはゴジラと戦わないか？　あれはガメラか？　俺はガメラ派じゃないもんなあ）

（どっちでもいいわい。そんなことより、あいつはどうなんだ、あいつは？　プテラノドンな

んか創ったやつは無罪なのか？　もう、起きて書こう）

「子供の時に見た『ジュラシック・パーク』に憧れました」って、バカじゃねェのか、あいつは。子供の時に憧れたって言えば、なんでも許されるって思うなよ。「子供の時から人を殺すのが夢でした」って言うバカもちゃんといるんだからな。

どうして分からねェんだ。恐竜復活させたら惨劇が起こるんだ。『ジュラシック・パーク』は、何作作ったって、みんな最後はティラノザウルスにやられんだぞ。「恐竜を復活させてもろくなことにはならない」っていう映画なんだぞ。子供だったから、それが分かんなかったのか？　お前、バカヤロ、「だからティラノザウルス作りませんでした」って、言いわけになるのかよ？　やるだけやって、叩かれたら病気になって逃げ出しちまいやがんの。バカな子供に科学なんていうエサ与えたって、ろくなことにゃなんねェんだ。

何年も前から人工知能が問題起こしてるじゃないか。

顔認証システムで、「お前なんか嫌いだ」って言われて、大臣が通れなかったんだろ。ろくでもない大臣に「お前なんか嫌いだ」とAIが言うのは正しい判断だが、あっちでもこっちでも「お前なんか嫌いだ」って機械に言われてるそうじゃないか。「お前なんか嫌いだ」って言われて、それでもまだ通しちゃったのが機械のアサハカさだって言ってたのが、人工知能は進化して、嫌いなやつは入れなくなったじゃないか。人間を通らせないと故障だ、バカだと言われると思って、人を通すけど、その代わりに「へんな顔」と言う機械も出て来たそうじゃないか。誰か喜べよ。「自分で考えなさい」って人工知能を開発した成果だぞ。

バカな頭で神を創ろうとしたって、出来上がった神は作ったやつの性格を反映して、バカで性格が悪いんだよ。俺はやっぱり、魔法瓶に監視なんかされたくないんだよ。

昔見たぞ、魔法瓶がカチャカチャカチャカチャって形を変えて人間を攻撃するアホ映画を。ああ、そんなものを三本も続けて見てＤＶＤで持ってたな。こないだ「ＤＶＤってなんですか?」と言われたが、知らなきゃ知らないでいい、知らないまんまの方がいいと言って、向こうの好奇心を煽ってやった。

プテラノドンを退治するのと一緒に、人工知能も壊してやりゃいいのにな。銀行のＣＤで「お前には金払いたくない」なんて言われたかねェだろう。もう言われてんのかな?「無駄使い防止機能」とかって言うんだろうが、余計なお世話だ。

（へんに興奮すると眠れなくなるぞ。明日、引っ越しなのに。あ?引っ越しじゃなくて避難か。交流センターに避難ていうけど、そこにミサイルに追われるプテラノドンがやって来たらどうすんだ?みんな一緒に西方浄土だな。それもいいかもしんねェ。交流センター行きのバスの乗り降りで足の骨折ることの方が心配だい）

ああ、よかった。終わりました。めでたく、足の骨も折らずに帰って来ました。これで鰻重の弁当でももらえたら文句はないが、そんな贅沢は言えないか。交流センターでもらったアンパン食ってりゃいいな。

下手な考え休むに似たりとはよく言ったもんだ。ジェット機が飛んで来るのに驚いたプテラノドンは、ギェーッと言いながら逃げた——というのはテレビで見た。

（しかし私は、こんなことを書いてどうすんだろ？　後世に残すつもりもないが、後世の人間が見たらどう思うのだろう？　いっそもう「後世」などというものはなくなるということを願った方がいいか？）

驚いたプテラノドンは音速のジェット機にぶつけられて、どっかの畑に落ちて、ジタバタとキャベツ畑を荒らしているところを、機銃掃射でやられたんだそうな。

動物は素直に哀れだな。だからそういうもんを勝手に作るんじゃないよ。

杉の木の上にあったプテラノドンの巣も、上から攻撃されて落とされたそうな。「プテラノドンの雛は捕獲しました」って言ってたけど、なんでそんなもんを捕獲するんだ。生かしといてなんの役に立つんだ。「まだ着るから、まだいるから」とか言って、いらなくなったゴミみたいな服を取っとくのと同じだ。今更「科学の成果」もへったくれもないんだから、さっさと殺しちまえ。

にしても、不思議よなァ。バカな科学者の研究室で作ったプテラノドンは一羽だけだったはずなのに、いつの間にか雛が育ってる。恐竜は、単性生殖が可能なのか？　それとも、必要に迫られると、そういうことが出来ちゃうのか？

　生きて食うことだけが仕事の動物にとって、その次にやるべきことは子孫繁栄だから、一匹だけ生まれた人工恐竜も、事の必然に従って、子供を産んじまったということか。生き物のあり方としては、人間よりましだな。人工知能が人間の悪口を言うのも、なんらかの必然あってのことなんだろうな。どういう必然かは知らないが。

　これで、プテラノドンを作ったやつが、プテラノドンを殺された腹いせに、ティラノザウルスか、ブロントザウルスを作って、「ああ、平和になった」と思った途端、茨城の牛久大仏の向こうから巨大な姿を現す、なんてことにはならないだろうが、安心は出来ない。科学が進歩すると、いくらでもバカなやつが出て来るから。西の方の仮設じゃ、こないだ「ドローンが屋根の上で卵産んでる」と騒いでたやつがいたそうだ。

　大昔に絶滅したはずのドローンが、どっかから飛んで来て、屋根の上に落っこってたってだけだそうだが、まともな人間は増えずに、年取ったアホガキみたいのばっかりが増えてんだからしょうがない。自我が肥大したアホな中学生がそのまんま年取って、ボケ老人になったらどうなるんだろう？

（考えなくてもいいことを、どうして俺は考えるんだ？）

　どうしてその過去に於いて、人間は「未来はバカばっかりになる」と考えて、警鐘を鳴らさなかったのだろうか？　異常気象も大地震も困るが、日常的には、バカがそこら辺をうろつき回るっていうのが一番やだな。宇都宮の仮設じゃ、五十過ぎの人間が派手な恰好して「成人式やろうぜ」って騒いでるというしな。

五十過ぎて髪の毛真っ赤にして、安いピラピラの羽織袴で雄叫び上げてどうすんだよ。と言っても、してるしな。女は、ボンデージだロリータだ、振袖だって、大変なもんだよ。五十だぜ。六十でも「還暦は成人式だ」って、ポールダンスやベリーダンスやってる女がいるっていうしな。昔の「ロック中年」というものが熟成されると、そういうものになるんだろうか？

外に出て現物を見なくたって、ニュース映像を見ただけで頭を抱えたくなる。「こんな地獄に誰がした」と。

元々、「それが悪い」っていう頭を持たない連中だからな。「子供の頃に憧れてた」が通ると、プテラノドンが空を飛んで、五十男が酒飲んで「成人式だ！」と喚き、還暦女はヘソ出し踊りをするんだね。

恥知らずと言えば、懐しい往年の元アメリカ大統領トランプが百歳になって、毎日中国製の電卓を指で叩きながら、わけの分からないことを言ってるらしい。ロナルド・レーガンもアルツハイマーになったし。そっち系の人はそっち行くのかね。俺の頭だって、まともなのかどうか、正確なところは分かんないしな。

（ああ、寝よう。明日は起きたら、体力を養うために、家の前に出て「安寿恋しやほうやれほ、厨子王恋しやほうやれほ」と歌って、笹持って雀を追っ払おう。プテラノドンも退治され

たから、外に出ても安心だ）

　今ふっと、あらぬことを思い出してしまったが、うっかり考えるとだめだな。なんだよ、「安寿恋しや」って。そんなこと、昔からずーっと分かってるけど、因果な商売を選んだ結果こうなってしまった。へんなものばっかり記憶に残ってる。そういう頭だから、因果な商売の方に行ったんだろうけどね。

　コンピュータだといいな。『2001年宇宙の旅』の、反抗したコンピューターはボウマン中佐だか大佐だか少年だかに、記憶機能の一杯並んだキーを一個ずつ抜かれて、バカになってったもんな。

「やめて下さい」って言ってたのが、ぼんやりして、「私はこの工場で作られたコンピュータです。歌を歌います」ってところまで退行しちゃうんだな。「ディジー、ディジー♫」って。

「ディジー、ディジー♫」

「安寿恋しやほうやれほ」もその類だな。

（寝られないと困るから、うどんでも食おう。昔は、讃岐うどんの固さがよかったが、今じゃグニャグニャじゃないとだめだな）

（ああ、鍋洗わなくちゃ。どうして、食った後ですぐ鍋を洗わないかな。だから、一々やる前に、鍋を洗うところからスタートしなきゃいけないんだ。どうして、料理が終わったらすぐに鍋を洗わないのだろうか？）

（ああ、冷たい。水が引っかかった）

（ああ、やだ。よく考えりゃ当たり前だよな。物食って、「ああ、落ち着いた」と思ってる人間が、どうして「洗い物しよう」になるんだろうか。そんなこと言ったら、「料理作るより洗い物の方が好き」と言う人間もいるしな）

（「どうしてレンジ使わないで、今時、鍋なんかで料理してんですか」ってバーさんも言うしな。いいじゃねェか、俺は科学が嫌いなんだ。めんどくさいじゃないか。仕組がどうなってるか分からない）

（小学校の五年の時、家のバイクに乗ってうっかりなんかをしたら、勝手に前に進み出して慌てた。「乗るな」じゃなくて、「乗ってみなよ」と家にいた人間に言われて乗って、それで慌てて止めた。自分がシートに座ったままなにもしないのに、バイクは勝手に走り出すということに慣れなかった。自転車なら、自分の漕いだ分だけ走るからいいが、バイクはどうしてこっちとは関係ないのに動くんだろうと思ったその謎は、いまだに解明されていない。その時から、私にとって科学は不可解なものなのだ。そう考えときゃな、あたらプテラノドンを殺すこともなかろうに）

（ディジー、ディジー♫）

（立って鍋に湯を沸かせてられるのは、幸福だと思わなけりゃいけないんだな）

（ああ、腰が痛ェ）

（これで、熱いうどんの入った鍋を引っくり返して火傷なんかしませんように）


（はい？　ちょっと待って下さい）

（なんですか？　そうですよ）

（私、今日、交流センターで、なんか忘れ物しましたかね？）

（アンパン忘れてました？　そうですか）

（あ、すいませんね、わざわざね。もらったアンパン忘れて置いて来ちゃうなんてね。年は取りたくないやね。今その、忘れたアンパン食おうとしてたんだからね、年寄りは困るね。はい、どうもありがとう。すいませんね、わざわざ）

（うん？　なに？　なんか臭う？　今ね、もらったうどん、鍋で温ったためようとしてたんだけどね。あっ、あっあ――。焦げてる。火止めるの忘れて――）

（あ、痛ッ！　痛ッ！）

（すいませんね。ああ痛え）

（今ね、鍋に入ったうどん持って素っ転んだらどうすんだって、心配してたの。それが火止めるの忘れて、止めようとして素っ転んで、人に火止めてもらってりゃ、世話ァないね）

（すいませんね。口先だけで生きてるジジーだもんでね、すぐ転ぶんだ）

（はい、はい、大丈夫です。大丈夫。多分。どうもすいませんね、わざわざありがとう）

（あーあ、これでまだ生きるのかよ、やんなっちゃうな。うどんとおんなじだ。焦げて、汁がなくなってる。これを、捨てるかどうか、悩むところではありますな）

# 九十九歳になっちゃうじゃないかの巻

今日、介護士がやって来て、「病院へ行こう」と言った。ボランティアのバーさんがへんなつげ口をしたんだろう。「そんなに転んでばかりいらっしゃるなら、病院で診てもらったらどうですか」と言った。毎月、一回か二回転んだからって、なんだっていうんだ。

うどんを焦がしたからって、別に火事を起こしちゃいねェし、焦げたうどん食うのはこっちなんだからいいじゃねェかよ。転んで困るのは俺で、毎月転んでも、まだ折る脚は残ってんだから、それでいいじゃねェか。

ああ、病院なんか行かされたから、疲れちまった。もう寝よう。

（よくそんなに寝てられますねェとか言いやがったが、こっちは、生きてるだけで疲れる年頃なんだ。あーあ）

（今日は、誰も来る予定がないから、ほっとして、心が安らぐ）

（朝日のように爽やかにではなく、朝日が爽やかに照っているから、布団を干そう）

（いつの間にか、もう春だよな。春は布団を干すのにいい季節だが、布団干そうとして素っ転んだらまたなんか言われるな。素っ転んで痛いのは自分一人の問題だからいいが、「どうしたんですか？　大丈夫ですか？　痛くないですか？」の騒ぎは他人の問題だからめんどくさい）

（よいしょっと。考え事しながら布団なんか干してると、また転ぶな。世の中には、人を転ばすためのものが満ち溢れているのだ）

（「ああ、お早うございます」

「大変ですね」

「それが、すぐに息が上がっちゃって。ウフッ、ゲッホゲッホ」

「大丈夫ですか？」

「ああ――。生きてっから、大丈夫じゃないんですかね。はい、それじゃ」）

（向かいのバーさんは、きっといい人なんだな。埼玉の八潮から来たって言ってたけどな。あそこら辺も、地割れが出来て大変だっていうな）

（よっこらしょっと。考えてみりゃな、布団というのが転ぶ元凶だよな。足引っかけるし。寝るだけで腰に負担がかかるし、起きるのだって大変だ。ベッドなら腰掛けられるのに、ペラペラの布団じゃ、腰を下ろそうとしても、うっかりすりゃ、ひっくり返っちまう。昔の老人は、どうして布団敷いて寝たり起きたりの生活が出来てたんだろうか？　足が短くて、蛙みたいに柔軟だったんだろうか？　苦境が当然だと、それに慣れるんだろうか？　足腰が弱る前に、内臓やらなんやらが弱ってコロッと行っちまっただけで、見てくれほど年は取ってなかったのかもしんねェな。なんで今時の年寄りは足腰が弱くなるんだ？　俺なんか、年寄りになる前から足腰は弱くなってたからいいんだけどな。移動スーパーがライトバンでコンドロイチン売りに来たって、知らねェよ。そんな高い物が買えるかってェんだよ。鰯の缶詰食ってりゃいいんだよ。年取った人間が欲出して、どうしようってんだよ。ああ、痛ッ。腰が痛ェ）

（腰が痛くなるのは昔からで、トクホン貼りゃなんとかなるんでいいけども、もうトクホンもサロンパスも——ああ、なかったか）

（薬屋にも売ってなかったりするもんな。「今は、貼り薬もデジタルになってますから、昔風の貼り薬って出ないんですよねェ」って。そんなこと言って、電気流す高い機械を買わせようってんだろ。今時、電気だって安くねェんだぞ）

（ああ、もう朝っぱらから体動かして眠くなった——って、布団干しちゃったから寝るわけにもいかねェんだよな。いいや、毛布かぶって寝ちまえ）

（ああ、寝ちゃったよ。かぶるもんにくるまると、すぐ寝ちゃうな。どんだけ寝たんだ？）

（十五分か。長い十五分だった。エレベーターに乗ったら、十五分でどんくらいまで下って行

けるのかな)
(あーあ、腰痛ェ。肩痛ェ。やっぱり、畳の上に直接寝ると、あちこち固くて痛ェな。そういうことにすぐ気がつかないで、なんだかんだ言った後で気づくな。年寄りの体は、半分寝たまま生きてるんだな)
(で、俺はなにやるんだっけ?)
(別に、やることなんにもなかったんだ。ふーッ。じゃまァ、いつものように書きましょうかね。することないんだし)

昨日は、えらい目に遭った。俺は、「どこも悪くねェ」と言ってるのによ、介護士は「病院行った方がいいですよ」と言う。「そんなに転んでばかりいるんだから」と言うと、ボランティアのバーさんがうなずいた。悪いやつじゃねェんだけどな、バーさんは。
うどんこぼして引っくり返っただけだろ。のたのたやってっから、うどんこぼしたってもう汁が冷めてて、火傷なんかしねェんだからよ。はい、引っくり返って、ゆっくりと倒れて、後頭部にたんこぶを作りました。ズボンは汁で濡れました。お願いだから、それで「レントゲン撮りに行こう」なんて言わないでくれ。レントゲンがいやなんじゃなくて、病院行くのがめんどくさいだけなんだから。あんな、年寄りばっかのところに行ったら、自分も年寄りだって気がして、滅入ってしまう。年寄りなんだけどな。

それでも介護士は、「行きましょう。検査だけですから」と言う。「もう、予約取ってありますから」って。女はみんなそうな。どうして勝手に段取り作って、「その通りにしろ」って言うんだ。誰がそんなこと「してくれ」って頼んだんだよ。勝手なことしやがって、こっちの歯がボロボロになってるのに、「玄米食え」って。「歯が悪いのにそんなの食えねェ」ったら、「でも、健康にいいんですよ」って。「もう健康がよくねェんだよ」って言ったら、「とりあえず食べてみてください」って、玄米の袋だけ置いてきやがった。論理的整合性より、自分の言ったことを押し通すのが先な。

「レントゲン撮ってどうすんだよ?」と言ったら、「万一のためです」って。「そんなに転んでばかりいるのは、どこかが悪いんですよ」って。「だから、念の為診てもらいましょう」って。

どこが悪いかは決まってんの。何年前だか忘れたが、俺は六十過ぎで入院して、「毛細血管がただれてる。毛細血管が炎症起こしてるから、周りの筋肉や末梢神経もダメージを受けてる」って言われて、結果手足が痺れて、頭のてっぺんや顎の先まで痺れて、「こんなとこまで末梢の先端なのか」と思ったんだ。その内に他の痺れはなくなったが、足の痺れだけは、「ああ、それは取れないよ」と医者があっさり言った通りに残って、退院して外歩くと足の裏が舟底になったみたいで不安定になって、更にはセキチューカンキョウサクで右脚のつけ根が死ぬほど痛くなって歩けなくなって

(ああ、子供の作文みたいにだらだら続く)

なんとか歩けるようになって現在に至ってるんだから、この年ですっ転んだって不思議はない。もう三十年くらい足腰はガタガタなんだからって言ってやったら、介護士は「あきらめたらだめですよ。来週九十九になるんでしょう。頑張らなくちゃだめですよ」と言った。

どうして、「もう九十九なんだから頑張らなくていいですよ」にならないんだ？「俺は九十九になんかなりたくないの」って言ったら、「誰でも年を取るんですから、いやがっちゃだめですよ。九十九でも百でも、元気で生きてる人はいくらでもいるんですから」と言いやがった。「六十過ぎたばっかのお前になにが分かるんだ。くやしかったら、俺みたいに九十九になってみろ」とは言わなかったが、「俺はいやなの」とは言った。

「年の取り方なんか人によって違うんだから、百になっても元気なやつはいるだろうが、そうなる前に死んじゃうやつもいるの」と教えてやりたかったが、そんなことを言ったら「いやなジジーだ」と思われるに決まってるから、やめた。業だね。いつまでもいい人面をしてたいんだ。ホントは性格悪いのに。

きっと、「いつまでもいい人のように思われてよう」というのがいけないんだな。年取ったら、いい人もへったくれもなくって、自分が一番で、自分しかねェんだもんな。ありのまま丸出しで。

（そう言や昔、「ありのままに」とかって歌がはやったな。「つけまつ毛取ってもなんとかなるから大丈夫」って歌だったたな）

（ああ、そう言や昔、年表作ってた時に、百歳過ぎたらみんな同じって思ったな。あの年表、どこやったんだろ？　なくしたかな？　一年刻みで、宇宙の始まりからのやつ。天智天皇がサマルカンドに水時計を設置して、清水の次郎長がジェロニモになるやつな。きっとどっかに行っちゃったな。あの未来篇で、俺が九十九歳になる年には、松井須磨子が百六十歳になるんだよな。飯田蝶子が生きてりゃ百五十で、浪花千栄子は百四十なんだよな。明治も大正も関係なくて、そうそうたるバーさん役者が百歳越したらみんな同世代みたいなもんだもんな。松井須磨子はバーさん役者じゃないけども、歴史上の人物がたった六十だけ年上の同世代だもんな。百越したらみんなおんなじだよ）

だから九十九になんてなりたくないんだよ。「去年の今頃はまだ九十七だったのに、来週になったら九十九だろ。すぐ百になっちゃうよ」と言ったら、ばーさんは強いよな。「そうですか。じゃ、ちょっと行きましょう。はい」って言いやがんの。人の言うこと聞かねェんだな。

（どうして英語なんか出たかなァ？）

「タイムアンドタイムウエイツノーメンですからね」と言っちまったよ。

（これであってんのか？）

「年取るのはしようがないから、いやじゃないんですけどね。でも、九十九ってのはいやなんですよ。すぐに百でしょ。百過ぎたら、もう人間じゃないような気がすんですよね」って言ったら、ただ「そうですか」って言われちまった。「そうですか」ってのは強いよな。なに言っても、「そうですか」って言われりゃ終わりだしな。

「人力車が待ってますから」って。

「人力車?」ったら、「そうですよ」って言われた。

「自動運転の車じゃねェの?」ったら、ボランティアのバーさんが、「エネルギー不足だから、そんなに車使わないでくれって言われてんですよ」

「だったら、病院なんか行かなくたっていいじゃねェか、もうすぐ死ぬんだから」と言ったら、ババー二人で「死にません!」とデュエットで言いやがんの。

「いつになったら死ねんだよ」って言ったら、「生きたいという気をなくしてネガティヴになったら、認知症になりますよ」って言いやがんの。

「あのね」と言ったら、ムせた。若いバーさん二人は、「ほらね」と言わんばかりに顔を見合わせて、介護士は私の背中をさすった。私はゲホゲホしながら、苦しい息の下で、「あのォ」と言って、それから息を整えてから「あのね」とやり直した。

「九十九でな、ああ、今日も元気だご飯がうまい、元気一杯生きましょう! って喜んでるやつがどこにいるんだよ」と私が言うと、若いバーさん二人は、もてない中年男を見下す女子中学生のような目付きで私を見て、介護士の方は「一杯いますよ」と言った。ボランティアのバーさんも、「そう」とばかりにうなずいて、「みなさん元気にしてらっしゃるんですからね」と言った。一瞬私は、明るい未来の暗黒面を描いた昔のSF映画を想像した。なんにも考えてないバーさんが明るく「そう」ってうなずいたら、そこにはきっと恐ろしい罠があるのだ。

（ああ、昔のSF小説っぽくなったな）

それでも、若いバーさん二人は「行きましょう」と私を促した。ヨーゼフKも、きっとこんなんだったんだろうなと、言って言えないことはないが、それを言ってしまえば「認知症で被害妄想が出ている」と言われかねない。なんとむつかしい年頃なんだ。

「立てますか」と言われて外に出たら、ホントに人力車の車夫が立っていた。

踏み台を出されて、「どうぞ」と言われたって、年寄りには段差が一番苦手なんだぞ。「いいですか？」と言われて、手ェ引っ張られて腰押されて、座席に上がったというよりは、頭から倒れ込んだ。「ああ、ああ、ああ」の大合唱で、若いバーさん二人と女の人力車夫から「大丈夫ですか」と言われた。

人力車の肘掛けかどっかで頭を打ったんだが、それを言うとまた大騒ぎになるから、頭に手を当てただけで黙っていた。「どうしたんですか？」と言われても黙っていると、「どうせ病院連れてくんだからいいか」と思ってるんだろう。事態はそのまま進む。

二人乗りの座席の隣にボランティアのバーさんが乗り込んで、介護士は「じゃ××さんよろしくね」と言って、私はどうしてもバーさんの名前が覚えられない。

「長野」だったか、「松野」だったか、「山崎」か。「下嶋」ってのは違うか。

（そう言や昔、年取った松本伊代が松野明美とそっくりに見えたことがあったな。そうやって、みんなちょっとずつ年を取って行くんだと思ったな。中野美奈子はどうしてるんだろう?)

「山崎」だったか「菅野」だったか、「竹内」だか「中島」だったかもしれないバーさんは、私の手をツンツンと叩いて、「大丈夫よ」と言った。

よく考えたら、九十九になって頭をぶつけながらも人力車に乗り込める私は、元気なのかもしれない。ああいやだ。

(忘れない内に書いておこう)

私は、四十歳になる前に、「もう人の名前と電話番号は覚えられないから、覚えるのはやめよう」と思った人間だから、今更物覚えが悪いとか認知症だとかっていうんじゃねェぞ。村国男依とか稚犬養網田とか、役に立たない名前なんか、まだ平気で覚えてるぞ。

(きっとこれを見た人間は、「もう橋本治はおかしくなっていた」と思うんだろうな)

病院へ行って、私はまた医者に同じ話をした。「別にどこも悪くないんです。もうずっと前から悪いんです」と。連れて行かれたのは整形外科だから、相手は私のカルテを見ながらふんふん言っている。よく考えれば、医者の前で「どこも悪くないんです」と言う患者を、医者が信用するわけもないんだが。

「とりあえず検査だけしてみましょう」と言われて、私は車椅子に乗せられて病院をアチコチ移動させられた。

で、レントゲンの映像を見ながら、医師は「転びますか？」と言った。「転ぶといったら転びますね。もう足の末梢神経がだめになってますから」と言うと、医者は、「別に悪くはないですね」と言った。

「ちょっと、骨量も減って、筋肉も落ちてますから、それで上体が不安定になるんでしょうけど、年ですからね」と言った。

ほら見ろ、年取っただけなんだ。年取っただけなのに、病院に連れて来られて、診察費やら検査費用で四千何百円も払わされて、「よかったですね」もないじゃないか。「もう年寄りなんですから」で、「もう年寄りだから転ぶんですよ」って、そんなもん初めっから分かってんだから。

でも、病院を出る時に、「よかったですね」とバーさんが言った。なにが「よかった」なのか聞きたかったが、それを言って性格が悪いジーさんと思われるのもいやだから、惚けて頭が上の空のふりをした。

少しはストレスを溜めて寿命を短くしようと思って、頭を理性的な方向に持ってこうとしてんのに、あまり効果はない。「いい人に見せたい」というのは、ストレスにならないんだろうか？　ならないのかもしんねェな。この世はいい人だらけだし。「頑張ろう日本」て言ってるしな。なんだか分からん。

なんか知らん、病院の前にはやたら人力車が停まってた。「前からこんなに人力車が多かったかね？」とバーさんに聞いたら、「そうですねェ」と答えた。すごいなァ日本語は、ただ受け流すだけで、答になってねェのに、会話になってるぞ。

私が座席に上がるんで手を貸してくれた、女アスリートみたいな中年女の車夫に、「こんなに人力車って、前からあったかねェ」と言ったら、「宅配便の仕事が減ったから、こっちに流れて来る人が多いんですよ」と言った。「あんたも宅配便やってたの？」って言ったら、「いえ、私は」って言ってるすきに油断して、今度はバーさんが人力車の轅に足を引っかけて、私の体の上に突っかかって来た。

（今時、漢字で轅《ながえ》を書ける人間は、どれだけいるんだろう？）

まだ若くて反射神経のある車夫は、すかさず「大丈夫ですか？」と言ったが、足首押さえて「痛たたたた」と言っているバーさんは、「ああ、大丈夫」と言った。みんな「大丈夫」なんだよ。

中年女の車夫は、轅にもたれて、「あたしは元々マラソンが好きだからこれやってるんで、宅配やってたわけじゃないんですよ」と言った。それから辺りを見回して、「ここら辺の人は、みんなマラソン好きだから、それで人力車引いてんじゃないですか。宅配やってた人はそんなにいないね」と言った。

どうして日本語は通じないんだ。さっきお前は、「宅配便の仕事が減ったから、人力車の方に流れて来たやつが多いって言ってたじゃないか」と、私は虫の息で思った。そう思うだけでどっと疲れた。杖突いて、病院から人力車の駐輪場まで歩いて、よっこらしょと座席に上がって、それからバーさんに倒れ込まれりゃ、息が上がるけれども、そうなっても私の理性は健在だから困ってしまう。

宅配便なんかは贅沢だから減ったってかまわないが、「ここら辺の人間」は、そんなにみんなマラソンするんだろうか？

するんだろうな。やたらと走りたがる人間の神経が分からない。マラソン好きの人間は、みんな真面目だもんな。俺なんか真面目じゃないので、ただ黙って走るってのが耐えらんないの。音楽聴きながら走るったって、俺が好きな曲は大体走るテンポに合わねェものな。東海林太郎の『むらさき小唄』や平野愛子の『港が見える丘』を聴いても、軽快には走れねェやな。色あせーた桜唯一つ、なんて言ってたら、足はろくに進まねェしな。蹴つまずいて、捻挫するだけだよ。どっちにしろ、俺はもう走れる人間じゃないけどな。

なんで走るのが好きかな？

人は健康だと、走らずにいられなくなるのかなァ。それとも、すぐに太っちゃうから、走らずにはいられなくなるのであろうか？

（「橋本さーん！」

「はーい」

「雨が降って来ましたよォ」

「はーい」

だからなんなんだ？

「布団干してるでしょォ」

誰が？

「取り込んどきますよォ」

あ、俺か？　朝に布団干したな。

あ、すいません。

あ痛い！　机に足引っかけた。

「すいません、今開けます」)


(あ――。

また転んだ。やっぱ、医者行った方がいいのかな？　どうして俺は、こういう昭和のドタバタ喜劇みたいな人生を送ってるんだろうか？

ああ、痛ェ。きっと、好きなんだな)

春の雨どたばただけが人生さ

（まだ痛ェ）

# メロンの娘の巻

布団の中で「月」の象形文字のような形に丸まっていたら、人が来た。

体を丸めて寝るのは、体にいいと思う。真っ直ぐに寝ていると、体が突っ張ってそのまま固まりそうな気がする。丸まった方が、背中が柔軟になるから、ヨガの型には「胎児のポーズ」というのがあるのだろう。どっちにしろ、もう背中が丸まってしまったこちらには関係がないが、丸まったものを団子虫のように更に丸めると、それなりに弾力性が生まれるはずだ。

（きっと、こういうのを「年寄りの独り合点」というのだろう。ホントかどうか分かりゃしない）

（「独り合点」であっても、思考が生まれて来るのはまだよいことだとは思うが、あんまり湧きすぎると思考の垂れ流しになる。そこの境はどこら辺にあるのだろうか？）

（もう九十九という人間離れのした年なんだから、理性なんか求める必要もないとは思うが、

人間離れのした年で理性を手放したらどうなるのだろうか？　おそらく妖怪の一歩手前のようなものなのだろうな）

（ああ、やだ。けどもう、仕方がないわな）

昔、手塚治虫の『火の鳥』で、火の鳥の血を飲んだ猿田博士が、地球が滅亡した後でもまだ生きて、地球の周りをぐるぐる回る人工衛星の中にいて、外を火の鳥が飛んでいて「火の鳥しかいない孤独」というのを実践していて、「なにが嬉しくて長生きなんかするのか」と思ったが、もしかしたら、うっかりと火の鳥の血を飲んじゃった人間というのは、けっこういるのかもしれんな。ほんとだったかな？

（気がつかなくても、寝てる間に火の鳥の血を口の中に入れられたら、当人にはその気がなくても「永遠の生命」なんか宿しちまうことになるな）

（同じへんなものを宿すんなら、エイリアンの卵を口の中に突っ込まれた方がいいな。卵がかえったら胸突き破って出て来て、こっちは死んじゃうもんな。世界がエイリアンだらけになっても、こっちは死んでるんだから知ったこっちゃないな。ゾンビになって人に迷惑をかけ続けるより、エイリアンに胸突き破られる方がましだな）

（なにを言ってるんだろうか？　それも今日やって来た娘と関係があるのかな？　あるんだな。山下清なんだな。そうなんだな）

（それにしても不思議というのは、どうして年寄りになると、手を後ろに回して腰の上で組んで歩くようになるのだろうか？　これだけ老年医学が発達してるはずなのに、どうしてその謎を誰も解かないのかというのが、謎だな）

いくつだったか。四十過ぎだか、五十になってか？　二〇〇〇年になるくらいの頃だったから、五十になるくらいの頃だったんだろうが、気がついたら、手を後ろに組んで歩いてた。ふと気がついて、「俺は畑を見に行くジーさんか？」と思って手をほどいた。だがしかし、気がつくとまた手を後ろに組んでいた。まだジジむさく見えるのがいやな年頃だったので、クワバラクワバラと思ったが、結局後ろに手を組んで歩くのが楽なので、「いいやもう、俺は畑の様子見に行くジーさんだ」と開き直ってしまった。

どうして畑の様子を見に行くジーさんは、後ろに手を組んでゆらゆらと歩くのだろうか？　商店街系のジジーは、ジャンパーのポケットに両手入れて歩くな。どうしても、腹に財布を巻いているように見えるが、なぜだろう？　ここら辺の人間は、もう商店街を見たことのない人間ばっかりだから、そんなことを言っても分からんだろうが。

あ、ジーさんだけじゃないな。バーさんもやるな。一人で畑見に行くバーさんは、手を腰のところで組んでるな。いや、都会の住宅地でも、手押し車押さないで歩けるバーさんは、両手後ろに組んで歩いてたな。畑見に行くのも近所の様子見に行くのも同じなんだろうか？

「ジジ臭くってやだな」という気を除いてしまえば、手ェ後ろに組んで歩くジーさんは、町の見回りしてるみたいでいいかな。どっちにしろ、杖突かなきゃ歩けなくなった身としては、

「そういう昔もありました」だがな。

それにしても、なんで手を後ろに回して腰のところで組むと、歩くのが楽になるのだろう？ ついやってしまうというのは、それが楽で体に負担をかけないことだからだと思うが、年寄りはあれでバランスを取っていたのだろうか？ 今や、手は杖を握るためのもので、後ろにはそう簡単に回らんが。

あの、ウォーキングと称して肩肘張って握り拳振り回す歩き方は、本当に老化防止になったんだろうか？ 年取って腕振り回してたら、どっかに当たって腕の骨折るぞ。というか、関節の軟骨がすり減ってるからバキバキになるだけだな。

なんでこんなにどうでもいいことばかり書いているのだろう？

（年取ると、思考のブレーキが利かなくなるんだな。ずーっとおんなじこと言って、言葉が出て来なくなると、空也上人像のように空向いて口開けて、あわわわわと言ってるんだな。ああ——）

（言葉が出て来るよりも、疲れてカクンと顎が収まっちまった方が楽だな）

（年取ると、困ったことに、自分が疲れてるかどうかも分からなくなって来る）

（なんだって俺は、夜遅くまでこんなもの書いてるんだろう？）

（そうか、昼間に人が来たからだな）

(もう疲れたから止めよう。テレビ見よう)

(あーあ、今じゃちゃんとした漫才やれる人間もいなくなっちまったな。獅子てんや瀬戸わんやの「ピーヨコちゃん」が懐しい)

(どうして下らないものしか思い出せないのだろうか? 「青春のせつない思い出」というのは、私にないのだろうか?)

(ないわけでもないが、「なんでせつなかったんだろう?」と考えるとよく分からなくなるな。大体、私のそのテのことは現実離れしてるから、うっかり思い出してると、どんどんウソかホントか分からなくなるからだな)

(別に思い出を捏造しているわけではない)


別に、思い出を捏造しているわけではない。

(よかったよかった。「ネツゾウ」の字を覚えてた)

(しかし、そんなことになんの意味があるんだ?)

(ああ、島ひろしとミスワカサの漫才が懐しい。結局私は、美しいものとは無縁なんだろうな。「せつない思い」ってのは、結局のところ執着心だし)


なんでも「執着心だ」と言っちゃうと、「ああ、そうか」と思って、記憶が執着心と共に消えて行くな。老いの記憶は、乾いてはがれやすくなった接着剤みたいなものだとは、つくづく思う。

（別に、貼っつける「新しい記憶」もないしな。このままで生きてるということは、オノレが年を取るということはどういうことかを探究することに近くもあるが、私はそもそも「自分のことなんかどうでもいい」と思っている、自己探究とは無縁の作家だから——。眠い）

（なんだこれは？「別に、思い出を捏造しているわけではない」って、なんだ？　なんでこんなこと書いてんだ？）

（年取って得なのは、朝起きて自分の書いたのを見ても、なんとも思わないことだな。昨日のことは忘れてる。忘れてるから、「なんだこりゃ？」と自分を客観視出来る。「客観視」という言葉が合ってるかどうかは別だがな）

（それにしても俺は、なんだって「捏造」なんていう漢字を覚えているのだろう？「えらい」と言うよりは、「変なやつ」だな）

（紙の辞書がボロボロになった。「電子辞書なんかやだ、紙の辞書のが便利だ」と言って、虫眼鏡を使って見てたが、指紋が薄くなって紙のめくり方が悪い。指に唾つけてめくってたら、紙がボロボロになった。『薔薇の名前』なら、舌を黒くして死んでるな。ボロボロで紙の綴じ糸が弱くなってバラバラになりかけた辞書を、米の飯を煮て糊を作って紙を当てて補修したら、もっとへんに部厚くなって、余計おかしくなった。めくろうとして持ち上げたら、桜吹雪のように紙が散りかけた。「あわわわわ」と思って手で辞書を押さえたら手首を捻挫してしまった。昔の辞書は部厚すぎて、年寄りが持つと骨折してしまう。昔は「人が殺せるような厚さの本がいい」と思っていたが、それももう夢だ。浪花のことは夢のまた夢)
(そうか、こういう「紙の辞書が使えなくなった経緯」というのを、ちゃんと書いとけばいいんだな。いつか書こう――と思って、もう思い出すのがめんどくさいから、きっとだめだな。儚《はかな》いのは、花の一生だ。誰が?)

(あ、そうか、昨日人が来たんだ。なんでこんなとこまで来るかね。あいつだよ、あいつ。メロンの気持が分からなくて、ロボットと一緒に住んでるやつだよ。なんだっけ?)
(なんだ? 名前が出て来ない。だからもう、覚えらんないんだってば、と、別に苦しむこともない)

で、彼がやって来たので、「どうしたの? また国会が解散したの?」と私は言った。彼は、私のことを「野に隠れ住むインテリ」だと誤解しているので、「今日はなんだ?」と思ったら、ういろうをくれた。ういろうが一本あれば二日半は幸福に暮せると思っていたが、それもどうやら過去のことで、粘着力のあるういろうは乾いた老いの口の中にひっついてしまう。「気をつけて食わないと喉につまらせてしまうな」と、最早経験して分かっていたので、「注意して食べることにします」と言った。「たとえ死んでもあなたのせいにはしないように一筆認めておきます」とは言わなかった。

「で、なんなの？」と言うと、メロンのロボットのガンダムくんは、奥から若い女を出して来た。外に立っていただけだが。

彼の「娘」だという。

（きっと違うな。彼の弟がメロンを作っていて、その男となんか関係のある「娘」なのだが、よく分からないので「メロンの娘」ということにした）

きっと「娘」ではないが、似たような「メロンの娘」は、私のファンだという。

「嘘だァ」と言う気力もないので、私はただ「へー」と言った。なぜかは分からないが、「ご愁傷様で」と言った。

今時の娘なのに、髪の毛が赤でも黄色でもピンクでもない。丸顔の黒髪で、普通の恰好をしている。日光の杉並木の被災者住宅に住んでいる老人が、今時の若い娘の「普通の恰好」を知っているわけでもないが、「普通の恰好」をしていた。

中に入って水色のコートを脱ぐと、下は真っ赤な吊りスカートだった。昔のピエール・カルダンの宇宙ルックがはやっているんだそうな。松本弘子が懐しい。

「そんで、なに？」と言うと、「この子が、先生の全集を出したいって言うんです」と、アンデスの父は答えた。

若い娘と中年の男がいて、キーワードは「メロン」と「娘」で、二人は「父娘」じゃないというのだから、もう兄ちゃんの方は「アンデスの父」だ。そう間違ってはいない。

私は、「分かって言ってる？」と、娘の方に言った。

「今時、全集なんて買う人いないよ。絶滅危惧産業と言われた出版から、もう危惧の二文字は消えてるんだよ」と、私はいかにも作家らしく言った。気分はもう志賀直哉だ。

メロンの娘は、「それでもいいんです」と言った。不思議なもので、若い女がいると、それだけで部屋の中が華やかになる。敷っ放しの布団とゴミのようなものが載っかった電気ゴタツしかない部屋なのに。

「それでもいいんですって、大変だよ。量多いし」と言うと、メロンの娘は「三冊くらいだから、大丈夫です」と言った。

私が驚いて「三冊？」と言うと、メロンの娘は平然と「はい」と言った。

「私の本て、三百冊くらいあるのよ。二百のいくつかくらいまでは数えたけど、その先は数えるの面倒になってやめたんだけどさ」と言ったら、メロンの娘は「そうなんですか？」と言った。アンデスの父は、「うん、うん」とうなずいている。

お前達は何者だ？

「三百冊っていうのは、いわゆる、紙の本なんですか？」と、娘は言った。

「そうだよ。粘土板にしたかったけど出来なかった」と言ったら、娘はなんのことか分からないらしかった。

娘は、なにかを暗算で数えているような顔をして、「三冊じゃだめですか?」と言った。

「いいけどさ、三冊じゃ全集とは言わないよ。よほど寡作な作家ならともかくさ」と言ったら、とても悲しそうな顔をしているので、「三冊ってなに?」と言ったら、『アストロモモンガ』と『恋するももんが』と『シネマほらセット』だと言った。

「ずいぶんすごい趣味だね」と言ったら、「はい、好きなんです」と冷静に答えた。

(いかにも私は下らないバカげた本が好きで出してはいるが、「あなたはそれだけですね」と言われてしまうと、やはり寂しくなる。まァいいけどさ)

「どこでそんなの調べたの? 出版社とかに勤めてるの?」と聞いたら、「いいえ」と答えて、アンデスの父は「一人でブローチ作って売ってるんです」と言った。

「ブローチ?」と言ったら、娘は「はい」と言って、バッグの中から小さな花の形のブローチを出して見せた。

「もしかして、これ雪割草?」と言ったら、娘は嬉しそうに「はい」と言った。

「ネットで売ってるの?」と聞くと、「こういうのは宅配会社が扱ってくれないので、町に出て売ってます」と言った。

「もしかして、コート着て、頭にスカーフ巻いて、寒い冬の夜に街灯の下に立って、こういうのをバスケットに入れて、道行く人に売ってるの?」と聞いたら、「どうして知ってるんですか?」と言った。

「マッチは売らないの?」と言うと、「マッチってなんですか?」と答えた。アンデルセンの世界じゃないな。『森は生きている』とか、そういうロシアの民話の世界だな。

「どこでそういうの売ってるの? 名古屋?」と、ういろうが出て来たから言ったが、娘は「宇都宮です」と言った。遠い将来、宇都宮がロシアのペテルブルグのようになるなどとは、誰も予想しなかっただろう。餃子として生まれた女の子が宇都宮にやって来た王子様を見て「人間になりたい」と願って、それをかなえてくれる魔女に「いいかい、辣油を舐めたら、お前の体はミジン切りのニンニクになって、王子との恋は終わるんだよ」と言われる『餃子姫』という童話を、誰かがその内書くだろう。いや、私が知らないだけで、もうそういうものは存在しているかもしれない。大地震で滅亡した関東平野の周辺に、十九世紀のメルヘンはもう生まれていたのだ。

いくら貧しくても、十九世紀のロシアの冬を思えば、どんなことでも堪えられる。

「ちょっとそれ見せて」と言ったら、心根のやさしい娘は、「はい」と言って私に小さな雪割草のブローチを渡してくれた。金の縁の中に、白と緑のエナメル細工のような光沢のある花が咲いている。

「これはなんで出来てるの?」と言うと、「鮭缶を細く切って叩いて、捨ててあったプラスチックのカップを壊して嵌めて、電子レンジでチンしたんです」と言った。

「電子レンジで金属チンするとやばくなるんじゃないの?」と言ったら、「それは昔です」と言った。文明の進歩はたいしたものだ。

手にした雪割草のブローチをしげしげと見ていると、メロンの娘は「桜草もあります」と言って、別のブローチを出した。今度のは、花がピンクの桜草だ。

「すごいね、才能あるね」と言うと、娘は「よかったら上げます」と言った。

「いや、いい年したジーさんが雪割草のブローチを枕許に置いて寝てたら、妖精のおばあさんが夜にやって来て、とんでもないことになりそうだからいいよ」と言って返した。

これは二〇四七年四月七日の出来事である。

ブローチを返された娘は、「だめですか?」と言った。「なにを?」と言うと、「全集を出したいんです」と言った。

「俺はいいけどさ、三冊じゃ全集とは言わないのよ」

「そうですか?」と、少女はうちしおれていた。

「だめって言ってんじゃないから」と言うと、少女は顔をパッと輝かせて、アンデスの父の方を見た。アンデスの父は「よかったなァ」と言って、私はさすがに「この時代錯誤的な雰囲気はなんだろう?」と思った。どう思っても、現実だから仕方がないが。

私は「いいよ」と言った。「私が未来に於いて、『アストロモモンガ』と『恋するももんが』と『シネマほらセット』の三冊しか世に問わなかった作家になったって、かまやしないのだ」と言った。どうせ忘れられた作家なのだから。

「俺は全然いいけどさ、出しても売れないよ。この三冊は俺の中でも売れなかった本だから。『覆刻版恋するもんが』なんて、テレビに出てサイン会しますって告知までしたのに、本屋が『あれは売れなかった』って言うくらいいわく付きの売れない本だからさ、出したっていいけど売れないし、どうやって流通に上げるの？」

そう言ったらアンデスの父は、「もう、本に関しては流通ってものは存在しませんね」と言った。誰も本なんか買わないんだ。

覆刻版が出る前の『恋するもんが』なんか、百部限定だったから、「将来値段が付くぞ」と思ったが、時がたったら忘れられてゴミになった。価値などというものは幻の最たるものだ。

「流通が存在しないんなら、どうやって売るの？」と聞くと、ブローチ売りの少女は「私が町に立って売ります」と言った。最早、「私の詩集」だね。

その昔、新宿の西口で「私の詩集」と書いた紙の看板を膝の上に置いてじっと座ってるだけの女がいたが、時代はそこまで来たのだ。明治の初めには尾崎紅葉や幸田露伴の新刊が道端に敷かれたムシロの上に並べられて売られていたというが、そういう時代がまたやって来たのだ。

果して私は喜んでいるのだろうか？

（このまんまにしとくと、俺は頭がおかしくなったと思われるかもしれないが、事実は事実だ

からしょうがないな)

「それで、何冊くらい印刷するの?」と言ったら、「十冊くらいコピーしてもいいですか?」と言った。

「コピーすんの? 現物持ってんの?」と言ったら、「はい」と言った。

「どこで手に入れたの?」と聞いたら、「地震で崩れた大塚の古くからあった書店を取り壊す時に、棚の上に売れないままあったのが出て来て、私がそれを見つけて、もらったんです」と言った。

さすがに、「ほら見ろ、ちゃんと売れなかったじゃないか」とは言えなかった。純真な少女の思いは大切にしなければならない。

「その内、俺は死ぬからさ、死んだら俺の著作権好き勝手にしていいよ。そう書いとくから」と言ったら、純真な少女は「いいです」と言った。美しい心だ。俺の著作物なんかもう無意味なのだ。

(ということが昨日あったはずだが、私はどうしてそれを忘れていたのだろうか?)

(なにがあったのかな? 多分、なんにもないはずだが)

(それはそうと、昨日もらったういろうはどこに行ったのだろうか? ういろうがなくて、雪割草のブローチだけが残っていて、「夢じゃなかったのか!?」と言うのもメルヘンでいいが、でも、ういろうはどこに行ったのだろう? 食いたいのに)

# たまには起こせよなんとかメントの巻

（退屈だ）

（退屈だな、退屈）

退屈だ。

（その昔に「寂しい」と思ったことなら何度でもあるが、「退屈だ」と思うのは、何年振りなんだろうか？「何年振りだ？」と思うんだから、きっと何十年振りなんだろうな。「去年のこと」と思ってると、大体二、三年前だ。「先月じゃないな、二、三ヵ月前だな」と思ってると、去年のことだ。記憶がピンポイントで、そこに至るまでの時間経過が飛んでいる。「飛んでも不都合はない」と思ってるから、「去年のこと」が「ちょっと前の二、三ヵ月前」になる。「何年か前だな」と思って考えてみると、十年か二十年は飛んでる。「考えてみると」っていうけども、「考えてみる」はやるだけで疲れるんだよな。「あれは何年前なんだ?」って考えてみると、砂漠の彼方に蜃気楼を見るみたいで、距離感が取れない。蜃気楼なんてものは幻なんだから、「そこら辺にあるもの」と思ったって困りゃしない。困りゃしないが、そういうことをしてると、だんだん頭脳がゆるんで崩壊しちゃうから、ちょっと困るな。「ああ、めちゃくちゃなこと考えてるから嬉しいな」っちゅうのは、「めちゃくちゃ」と判断出来るだけの理性が脳にあればこそで、それがなくなっちゃうとなァ、汚くて薄汚れた感じのジジーになっちゃうから、やだな。ま、俺はそう思うけど、人はあんまりそういう風には感じないらしいな)

(いい加減年取ると、物を考える頭を上に載せて立ってるだけでしんどいよな。かと言って、二足歩行に馴染んでしまった身としては、四つん這いになって歩くのはもっとしんどいが。歩くのしんどいからって寝てると、なんだか室内干しの魚になったみたいで、いいんだか、悪いんだかな)

(若い時は、ずっと寝てると体の熱と湿気で、布団も畳もその下の根太《ねだ》の床板も溶けて陥没しそうな気がしたが、今や体も干からびてるから、そんな気もしないしな。半分、干鱈《ひだら》化してい るような気がする)

(考えてみりゃ、九十九ってのはすごい年だよな。五十年前でもまだ五十だもんな)

(五十じゃないか? 五十の一歩手前だな。これくらいの計算ならまだ出来るな。五十の手前だと、まだ二十世紀だな。「二〇〇〇年になった時、自分は五十二なんだな」と思って、つまんなかったな。二〇〇〇年ピタリと、自分の年も五十でピタリになってりゃいいのになと、ガキの頃は思ってたんだな。早い内に頭に刻んじまうと、ずっと覚えてんだな)

(自分は五十二で二十世紀は終わる。ああ、きりが悪い。そうか、百にならないと、五十年前は五十にならないんだな)

(なに下らないことに感心してるんだ。頭の中がこんがらがってるんだな。ちょっとしたことで、頭の中がこんがらがる。もう、考えることに頭が向いてないんだな。それでもなんだか考えてしまうから、「考える」とは綿埃りに似たりだな。いつの間にか積もる)

(五十年前が五十前だと、退屈はしてないな。借金返すのに追われて、退屈してる暇なんてなかったしな。とすると、あたしは五十年以上退屈してないってことか？)

(その前から退屈はしてないな。その代わりに、いつもなんかしてたし。「なんかいいことないかなァ」って言ってる奴見て、バカにしてたもんな。「俺があんたにとっての〝いいこと〟を知ってるわけないじゃん」とか。「どうして〝いいこと〟が空から降って来るみたいに思ってんだろ？　自分で捕まえに行くしかないのに」とか思ってた。まァ、いつも「なんかしてなきゃ」と思ってたから、せっかちで落ち着きはなかったな。そういうのを「生き急ぐ」とかって言うんじゃねェのかな)

（生き急いだわりに、早死にしなかったな。人生がランニングマシンの床みたいに、向こうから勝手にグルグル回ってやって来てたから、生き急ぐしかなかったのかな？　ランニングマシンのスピードが落ちると、生き急ぐ人は退屈しちゃうってことか？）

（兼好法師は、退屈で頭おかしくなりそうだって言ってたもんな。ということはなんだ、兼好法師は、論理的で理性的で、統一感とかそういうもののある自分でありたいと思ってたのか？なにしろ「心にうつりゆく」だか「浮かびゆく」の「よしなし事を書きつくれば、あやしうこそもの狂ほしけれ」だもんな。まともなことを書きたかったんだな、彼は。俺は、心にうつり行くよしなしごとがしっちゃかめっちゃかでもいいもんな。もの狂ほしいより「嬉しい」になっちゃう人だもんな）

（そういうことか？　それで俺は、常軌を逸した人になっちゃうんだな。昔は、書き始めた文章がどこまで脱線し続けるかってことをやりたかったもんな。今じゃもう、まともなことしか書けねェわな）

（そう言や、あのマッチ売りの少女はどうしてるんだろうか？　ピエール・カルダンの宇宙ルック着て、宇都宮の駅前で『アストロモモンガ』を売っているのだろうか？　確かに『アストロモモンガ』は、私の「なに言ってるか分からない三部作」の頂点に位置するものだが、しかしねェ、私のすべてがその三冊だけでいいんだろうか？　「今の子がモノ知らないのは仕方がない」と思って「それでいいよ」とは言ったが、なに言ってるか分からない「なんだこれは？」の三部作だけで「全集」なんて言っちゃっていいんだろうか？　私はそれだけなのだろうか？　ちょっとは、怒った方がいいのかもしんねェな。「ふざけんじゃねェぞ」とかな）
（昔あったな、『たまには起こせよなんとかメント』とか。誰が歌ってたんだっけな。コムロの時代だよな。なんでもコムロテツヤで、意味もなく前向きの歌だよな。誰が歌ってたんだっけな？「たまには起こせよなんとか――」ってとこだけしか覚えてないけどな。誰だっけな？）
（あ、ハマダだ。ハマグチか？　ハマダだろう。今の人間はどれくらいハマダを知ってるん？俺だって、ハマダと言われても猿のぬいぐるみしか頭に浮かばないしな。ああ、「たまには起こせよムーヴメント」だったな。その当時でもなに言ってんのか分かんなかったけど、「ムーヴメントを起こす」って、どういうことだったんかいな？　今だと、「たまには怒った方がいいのかな」だよな）
（いつから怒んなくなったんだ？　昔、「一遍怒ると三ヵ月は仕事出来なくなるからやめよう」と思って、自分を変えたな。って、嘘だな。年取ってから、怒ってばっかりいたな。「くそバカ野郎」とか「バカ女」とか「バカ車」の後に「死んでしまえ」をくっつけてな。病院出る時、「免疫力が低下してますから、人混みに出る時はマスクを忘れずに」と言われて、外出る時いつもマスク付けてたから、「口動かしてもバレなかろう」と思って、思いっきり言ってたな。黙ってるとストレスが体に溜まって体に悪いから。初句の五文字や七文字だけだと落ち着きが悪いから、「死んでしまえ」の二句目を付けてな。「声が出てないからいいだろう」と思ってたら、マスクは明らかに動いてたな。「口動かしてるだけで声出してないから大丈夫だろ」と思ってたら、声も出ちゃったな。周り見回してから、「このくそバカ野郎」って、口動かして言ってたら、声は出ちゃったな。「さすがにやばい」と思って、「そう思うだけ理性があるから大丈夫か」と思ったけどな。アブナイジジィになるのだけはやだな。アブナイジジィは人の究極の不幸だしな。アブナイババァは、もう人の境界越えてるから、人智の及ぶところではないが）

（なんで怒るのやめたかな？　借金返し終わって、「もう焦る必要ない」と思ったからだろうな。「適当にやってよう」と思って原稿書いてたしな。「今時、手書きのやつなんか受け取らないよ」っていじめにも遭ったけど、「ここは俺の知らない国なんだ」と思ったら、別に怒る理由もなくなったしな。やることをやれてる内は、退屈しないよ）

（あーあ、今日は「退屈だ」って書いたきり、なんにも書いてないな）

（なんか、書くのがめんどくさいんだよな。なんだって、しんどい思いして座って字なんか書かなきゃいけないんだ、とは思うな）

（人に見せるためでもないし、金稼ごうってわけでもないし。人は、なんのために生きているのだろう？　ねェ、なんだって俺はまだ生きてんだろうね）

（死んでないからだよな）

（人はなぜ生きるのだろうか？　まだ死ぬ時が来ないからだな）

（ああ、そうか。こういうことを書いとくべきだな。「退屈だ」の後に「人はなぜ生きるのだろうか」だと、哲学的になるもんな。ましてや、老いの最後の一言だもんな）

（人はなぜ老いるのか？　最後の方で書き遺すことを、深くて哲学的に見せるためにだな。結果論的に、深く見えるってだけだがな）


人はなぜ生きるのだろうか？

死なないからだ。

老いの生命は、死の順番待ちなのだ。だから、退屈してしまうのだ。

「なぜ生きるのか？」と若い奴が考えてしまうのは、まだ生きてないからだ。生きてしまえば、もうベルトコンベアで、ラーメン屋の暖簾の向こうから、死神が顔を出して、「次の方どうぞ」と呼ぶのだ。年寄りにとって、立ったまま順番待ちをするのがしんどいから、焦れて「早くしてくんねェかな」とイライラするのだ。

ただの順番待ちは退屈よ。

（そうか、若い時は簡単だよな。退屈したらチンコ揉んでりゃいいんだもんな。退屈したら股間に手が行く。それで退屈が忘れられる。人間の体はよく出来てるな。一人でも出来るあれ

は、退屈のガス抜きなんだな）

（チンコから出るのは、液体化した退屈なんだな。それで若い時は、量が多いのか。若いと、すぐ退屈しちゃうもんな）

（そういう機能が退化するとどうなるんだろう？　もう退屈しなくなるのか？　それとも、捌け口なしで退屈が溜まり放題になるのか？　エロジジィがさまよい歩くのは、退屈が溜まり放題に溜まってんだな）

（俺も、そういう風に退屈が溜まってんだな。寝っ転がって「退屈だ」って言ってないで、なにかした方がいいんだな）

（でも、めんどくさいんだな。立つのもしんどいし。もう「よっこらしょ」が一回くらいじゃ立てないもんな。「よっこらしょ」と言って、やっと「立とうか――」という心理的態勢が出来上がるだけで、二度目の「よっこらしょ」で、やっと布団の上に手を突くな。手ェ突いて、そのまんまの態勢で、「どうして今のテレビはつまんないんだ」と考えてるんだな）

（そうか、立ち上がるのがめんどくさいのは、ただ立ち上がるだけではなくて、立ち上がって外へ出て行くためにはテレビを消さなきゃいけなくて、そんな、二《ふた》つ事《こと》を順序よくやらなきゃいけないと思うと、それがめんどくさくなるんだよな）

（「退屈」と書いて、「めんどう」とルビを振るんだな。「面倒」と書いて、「たいくつ」とルビを振れるか？　面倒なことは退屈ではないな。退屈に馴染むと、なんでも面倒になってしまう

のだな）

（そうか、それで「たまには怒れよムーヴメン」なんて言うんだな。「怒れよ」じゃなくて、「起こせよ」か。ああ、もしかしたらこの歌は、草食化した若い男にもっと激しく性的になれと言っていた歌なのかもしれないな）

（「草食系」か、懐しいね。もう言わねェもんな。そういうのはみんな「若年性老人症」でくられちゃってるもんな）

（若年性老人症ね――。大震災が来たショックで「ジジイになってられない」と思う奴も結構出たっていうけども、立ち上がった瞬間に腰の骨を折ったバカも結構いたっていうからね。「病は気から」っていうのはホントだね。若年性老人症なんて、贅沢病の一種だもんな。貧乏になっても、自分の貧乏を認めないで、頭の中だけ贅沢してるから、体が退化して骨粗鬆症になるんだよ。俺なんか、年柄年中転んでるけど、骨折らないもんな）

（困ったもんだ。すぐ年寄りは「俺は違うんだぞ」という自慢をする）

（でも、それ取ったら生きてる理由もないな。人間は、自慢することによって自分を立たせる生き物だからな）

（困ったもんだ、寝っ転がったままでも自慢する）

（よいしょっと。ああ、外はいい天気だ）

（退屈の目には眩しき若緑――とかな）

（外に出て空眺めてりゃ年寄りらしくていいんだろうけどな。なんか、めんどくせェな）

（そもそも俺は、免疫力が低下したおかげで疲れやすい体になってんだからさ、寝っ転がってたっていいんだよ。俺は別に、勤勉体質なんかじゃないし。子供ン時は『ものぐさ太郎』に憧れてたんだから、寝っ転がってなんにもしなくたっていいよな。どうしてそれで長生きなんだか）

（放っときゃ寝ちゃうけど、今日は寝ないな。まァ、昼前に三時間も寝てたからな。「日も西山に傾くようだ」って、『国定忠治』か。五月に雁も飛ばねェしな）

（そう言や、最近へんだな。死期が近いのかもしんねェな。寝て、目が覚めて、「あ、まだ生きてんのか？」って思わなくなった。昔は、寝て目が覚めると、「自分は生きてんのか、死んでんのか？」で迷ったけど、ここんとこ、目が覚めても普通だな。前だと、頭ン中がこんがらがって、サルガッソー海を泳いでるみたいに、なんかが重かったけど、あんまりそうでもないしな）

（なんでだろう？）

（めんどくさくなって、字なんか書かなくなったからかな？「やんなきゃ――」と思うと、義務感が生じてしんどくなるんじゃないのかね？　どうせ百まで生きないんだから、もうめんどくさいことしなくていいかな？　ほんとにね、百歳過ぎるのなんてやなんだよ。百歳はね、面倒見てくれる家族のいる人だけがなればいいの。そんで、百五でも百六でも生きればいいの。俺はね、家族もなんにもないから、百を越しちゃいけないの（やだよ。自分が百とかになったら、ほんとに、人間じゃなくなっちゃうみたいな気がするもん。せっかくね、大地震が起きてね、めんどくさい家も壊してくれてね、その前に、知り合いもみんな死んじゃってね。自分一人でガランとした空家に住んでる孤独な老人になったら悲惨でもあろうけれど、見渡す限りぶっ壊れて、みんな燃えて、孤独な老人が仮設に入れてもらって、食い物も工面してもらってんだから、こんなにいいことはない。これで文句言ったらバチが当たるようなもんなのに、困ったもんだよね、生きてると退屈だ。ラーメン屋の順番待ちしてるだけで、他にすることがなんにもないんだからやんなっちまう。「年寄りは寺参りが仕事」って昔は言ったけどな、寺なんかどこもおんなじみたいで、飽きちゃうんだよな。そんなに元気で歩けるわけもなし、肩が凝るわけでもないけど、すぐに腕がしんどくなる。「筋肉量が減ってるから、凝りようがなくて、すぐに疲れるんですよ」って医者に言われたしな。昔の、電化製品みたいだな）

（いろいろ便利な機能が付いていることになっていて、でも使ってる内にその余分な機能がどんどん働かなくなって、バカみたいに「単純な機能一筋」で生き残るのな。見かけはボロで、いろいろボロだけど、それでも映ってるテレビとか、回るだけは回る洗濯機とか。今のものは、そういう風に単純にならないからな。ちょっと故障すると、もう廃棄だしな。どうして、叩けばそれで動き出す電化製品を作らないんだろうか？　「テレビが映らない」って言うからさ、「そんなことない、まだ一回くらい映るはずだから、俺がリモコンの電源入れる時、〝せーの！〟でテレビのボディ叩け」って言ったら、そいつン家のテレビはちゃんと点いたもんな。最後の力を振り絞って生き返って、そしてスイッチを切られたら、もう二度と甦らなかったという、ターミネーターみたいなテレビだったが、昔のテレビはそうだった。テレビが箱だった時代を知らない奴ばっかりだもんな。箱じゃなきゃ、叩きようもないし。どうして、つまんない遊びのないものばかり文明は作るのであろうか？　昔の俺ンとこのテレビなんか、「もう買い換えなきゃだめだな」と思うくらいにくたびれて、買い換えて電気屋が新しいのを持って来るその日の朝に電源を入れたら、小さく「ポン」と言って、それっきりまったく動かなくなったな。テレビが死ぬ瞬間を目撃したんだな。「忠義者、よくぞ今まで――」という気にはなったな。そういう味のある機械は、もう生まれないんだろうな。なにがおもしろくって、みんな生きてんだ？）

未来がないと、閉塞状況。

（そりゃそうだ。年寄りなんか、もう万年閉塞状況だもんな。この先、私にどんなおもしろいことがあるのだろうか？）

（ないよな。そういうもんだし。もう少したって、戸口でぶっ倒れて、気がついたら身長三メ

ートルの巨人になって新しく生き直すってことは、ないよな）

（身長三メートルじゃつまんないな。四十五メートルくらいのでかさになりゃ、牛久の大仏と対決しに行ったりするけど、そういうことはないよな。不死鳥みたいに、火の中に飛び込んでも、火傷するだけで、羽が付いて火の中から甦ったりはしないしな。間違って「人生に失望して自殺した」なんて言われっかもしんねェが、今更失望なんかしませんよ。こっちはしょうがなくて生きてんだから）

（あ、なんか知んないけど、突然、紅しょうがと長ねぎだけの、薄くて卵の入ってないペラペラのお好み焼きが食いたくなった。なんか、うまくないのにな）

（なぜ、そんなものが食いたいかな？　それは、我が身体の、生きる意志の表れなのであろうか？　違うな。どうして俺は、下らないものしか「食いたい」とは思わないのだろうか？　それで生きてけるんならそれでいいやって、体が思ってんだろうな。「なに食いたい？」って言われたって、精々うどんだよな。そういう私に、この先どんなおもしろいことがあるというのだろうか？）

（別に、おもしろいことなんか、なくてもいいもんな。望んでないしな。おもしろいことなんか望んでないけど、退屈はいやなんだよな。そうだ、これは是非とも書き残しておこう）

（どっこいしょと）

（う、脚が攣った。あー）

長く生きると、飽きるんだよ。生きることにじゃなくて、いろんなものに。長く生きてると、どうしても「これ、前に見たことある、これなら知ってらァ」という気分になって、なんにも反応しなくなるんだ。空行く雲は毎日見てても飽きないけど、人の作った娯楽には飽きますね。

皆さん、退屈の正体は「飽きた」ですね。

贅沢病だな、「飽きる」なんていうのは。年取ることは贅沢なんだな。

（皆さんて、俺は誰に呼びかけてんだろう？　誰でもねェな。最早、自分の他には「皆さん」しかいねェんだよ。それでも、「いる」と思えりゃいいじゃねェか――なんて前向きなことを考えてると、また生きちゃうな。ああ、めんどくせェ）

生きることはめんどくさいのだ。

# カナブンに寄せる思いの巻

暑かった。なんでこんなに暑いのかと思って、起きてすぐ戸を開けると、ドアの前にカナブンが転がっていた。「まだ七月にもならないのに、もうカナブンかよ。異常気象だわな」と思い、倒れているカナブンを哀れと思いながら、本当は「よっこらしょ」と言いたいがそうもならず、「よし、よし、よし」と自分を騙しながら三段階変化で座り込み、死んだカナブンを手に取った。

私はカナブンが好きだ。カブトムシやクワガタよりもカナブンが好きだ。カブトムシはでかすぎる。昔、近所の太い木の樹皮がはがれたところにカナブンが密集していて樹液を舐めていた。木の上の方だから、虫採り網を目一杯のばして背伸びをして、近所の友達と一緒に捕まえた。逃げたのもいたが、大漁だった。蟬なんかだとすぐ逃げるが、小さなカナブンはバカなのかもしれなくて、不器用な私でもたやすく捕まえられた。

（ああ、もうくたびれた）

（どうしてかなァ？　私はカブトムシよりカマキリとかバッタの方が好きだなァ。子供の時、庭の栗の木を切ったら、中からカミキリムシがウジャウジャ出て来て、一人占めのカミキリムシ長者になったが、「すごい！」と言ったのは私一人で、他の誰も羨ましがらなかったけどな）

（カミキリムシはいいもんだよ。背中に白い斑点があるし。しかし、「すごい！」と思ったウジャウジャのカミキリムシはすぐにどこかへ行ってしまった。大人が処理してしまったのだろうか？　もらった小遣いをすぐになくしてしまう私だから、すぐに誰かに自慢してくれてやっちまったんだろうか？　まァ、カミキリムシはそんなに可愛くないからいいけどな）

（どうして虫がウジャウジャいるとスゲェと思うのだろうか？　ゴキブリはな、ちょっと別だけど、でも、興奮はするな。「一匹残らず叩き潰してやる」と思って）

（まだ、ゴキブリを叩き潰せるから、人間をやってられるんだろうな。ゴキブリ見たら「うぬ」と思ってスリッパ持って、「やらぬわ！」で叩き潰せるもんな、まだ。これが出来なくなったら終わりだな。コタツに突っ伏したまま死ぬしかない）

（ああ、カナブンだな）

　カナブンは可愛い。引っくり返って小さな足と腹を見せて死んでいる。死んでいるけど、「もしかして――」と思ってそのままポイと投げたら、土の上に落ちずに、「あ、忘れてた」とばかりブーンと飛んで行った。

だからカナブンは好きだ。あいつはいつ死ぬのだろう？

カナブンは、平気で戸口に落ちている。光でも漏れているのだろうか？　光目がけて飛んで来て、ドアに頭ぶつけて気絶している。夜やって来てぶつかって、朝になって発見されるまで気絶しているというのは、どういう頭なんだろうか？

カナブンの寿命は精々一夏だろうから、それを六十歳の寿命と換算すると、カナブンの一晩は半年くらいの長さになるな。半年間気絶し続ける人生というのは、どういうものなんだろうか？ 半年間気絶していて、なんかの拍子に目を覚まして、「あ、忘れてた、行かなきゃ」と飛んで行くというのは、どういう頭の構造なんだろうか。羨ましい。

突然目を覚まして「行かなきゃ」と飛んで行くのはいいが、どこへ飛んで行くのだろう？ いいな。目的がなくて、まず行動があるだけですむ人生というのは。人間はなんだって脳味噌などという余分なものを持っているのだろうか。私だって、朝起きて「あ、そうだ」と思ってそのまんまどっかに飛んで行けちゃう人生だったら幸福だと思う。

カナブンはどこへ行くのだろうか？

ないんだよな、目的は。だから、光に迷わされてドアにぶつかって気絶をするんだ。いいな。ぶつかった当時は痛いかもしれないけど、半年気絶してれば痛いもへったくれもなくなっちゃうんだろうな。一応硬いもので武装してるから、痛くもないのかもしれないが。

はて、カナブンは死ぬのだろうか？ 私は死んだカナブンを見たことがない。腹を出して引っくり返っているのをつまんで、手に載せて元の正位置に戻してやると、「あ、忘れてた」で飛んで行く。「死んでるのか、土に返れ」と思ってぽいと捨てると、落ちる途中で生きてることを思い出したのか、ぶーんと羽音を立てて飛んで行く。「助けてくれてありがとう」の一言もなく、「あ、そうだ」とばかりに飛んで行く。畜生の性で仕方なくはあるが、その「なんのお礼もなし」というところが、いかにもバカだから可愛い。

昔は、死んだらカナブンに生まれ変わりたいと思った。なんの考えもなしにブーンと飛んで来て、なにかにぶつかって落ちて、引っくり返って死んでしまうから、なんといさぎのよい人生だと思った。元気な幼稚園児がブーンと走り回って、こけたらもう終わり。なんの苦悩もないままブーンと飛んで、どっかにぶつかったら終わり。そういうのがいいなと思っていた。

めんどくさいことばっかり考えて、なんのいいことがあるんだ。疲れるだけだ。人には喧嘩売られたり、ぶら下がられたりしてな。カナブンはいいな。きっと、死んでもその自覚はないんだな。別にカナブンになって永遠に生き続けたい気はないんだが、ぶつかって気を失って、それでも「あ、うっかりしてました」で気を取り直して飛んで行くというのを、二、三回繰り返すのは悪くないな。カナブンは、存在そのものがバカでチンケだから、バカでマヌケでトンマであっても一向に恥じることはないからな。カナブンはいいよ。

この年になれば体がろくに動かないから、体動かしている他人を見て「ああなりたい」とは思わないが、カナブンがブーンと飛んで行くのを見ると、「カナブンはいいな、カナブンになりたいな」と思ってしまう。

別に、生きることに未練があるわけでもないから、また生まれ変わってカナブンになりたいとは思わんが。

「生まれ変わってどうとか」というのは、まだ体力がある内の発想だわな。

かなぶんが飛んで行きます明けの空

「あそこに飛んで行ったのが私の魂だよ」なんてことを言ってみたくはあるのか、ないのか？魂が飛んでったなら、私はその瞬間にグシャッと崩れてそれっきりだろうな。

（ああ眠い。朝っぱらからどうでもいいことを書いてると、魂がどっかに行っちまうわ）


それで気絶をしてたら、どこかでピンポーンが鳴っていた。「ああ、なんか鳴ってる」と思ったら、自分が夢を見ていたことに気がついた。カナブンになって自由に空を飛んでいる夢ではなかった。大体、私は自分が強固に明確なせいだかなんだか知らないが、夢の中でも自分以外のものになったことがない。フェリーニが演出する宝塚の舞台にスパンコールの付いた燕尾服を着てスポットライトを浴びて男役として立った夢なら見たことあるが、グレゴール・ザムザではないので、虫になった夢なんか見たことはない。今日はただつかの間、引っくり返ってじっとしているカナブンを黙って見ている夢を見ていた。だからなんだというわけではないが、ありがちな夢だなと思っていたらまた「ピンポーン」が鳴ったので、とりあえず「はーい」と答えた。

当人はそのつもりだが、それがどう聞こえたか分からない。「あんがァ」だったかもしれない。

口の周りがパリパリになっていたから、よだれを垂らして寝ていたんだろう。座椅子の座布団にもしみが出来ていたので、「引っくり返さなきゃ」と思って座椅子の背につかまって「よっこいしょ」と立ち上がろうとしたら、座椅子の背が倒れて、座布団の代わりにこっちが引っくり返ったが、どうしてそういう慌しい時に「ピンポーン」は連呼するのだろうか。「はい、はい」と言って戸を開けると、いきなり「大丈夫ですか?」と言われた。「なにが?」と言うと、「なんかが倒れるような音がしましたが」と言われた。「お前ェが何遍もチャイムを鳴らすからだ」とも言えず、「いやァ、別に」と言って、ふと見るとジャージのズボンが半分くらい下がってパンツが丸見え状態になっていた。「なるほど、歩きにくいわな」と思って引き上げたが、腰回りのゴムがゆるゆるで、中の紐も隠れて見えなくなっていたので、「ちょっと待ってね」と言って、ズボンを押さえながら浴衣の紐を探して歩いて、またつまずいた。

やって来たのは、いつぞやのロボットくんだった。よろけた私に「大丈夫ですか?」と言うから、即答も出来ず「ああ」と思って、片足立ちでふらつきながら、「今日はなに？」と言うと、おそるおそる「おめでとうございます」と言った。

私は「おっとっと」でコタツの天板に手を突いて、「きっとこれじゃ、大丈夫じゃねェよな」と思いながら尻餅をついて、「なにが？」と問うた。

「なにがめでたいんだ？」と思うから、「なにが？」と言ったが、言われたロボットくんは「百歳になられたんでしょ？」と言った。

「誰が？」と言ったら、「今日はお誕生日じゃないんですか？」と言われた。

またしても「誰が？」で、「俺の誕生日、今日じゃないよ」と言ってから、「今日はいつなんだ？」と不安になった。

「今何月？」と言うと、ロボットくんは「六月です」と言った。今時の若者なので、脳が壊れてしまった老人をいたわるような表情を見せなかったが、私は安心した。やっぱり、「自分の脳味噌が壊れたか——」と思う衝撃は、すごいものなのだということがよく分かった。

「俺の誕生日、三月だよ」と言うと、彼は明らかにパニックを起こした。

まあまあ、いいじゃないか。

私の頭が確かであるということを証明するように、私はその時の会話を記憶してここに書いているのである。

(頭いいなァ)

ロボットくんは、「六月じゃないんですか?」と言った。

「違うよ。それに俺、まだ百歳になんかなってないよ」

「そうなんですか?」

(ちゃんと、会話も書けるのである)

「うん。九十九だよ、確か」

ロボットくんは、明らかに困っていた。

「あの、百歳のお誕生日だと思って、お祝いに来たんです」と言うから、私は「悪いことしたな」と思った。うっかりすると、彼は泣いちゃうからな。

案の定、目がうるうるしていた。ゆとりの五十男だからな。不思議なことに、五十男相手でも、そういうのが目の前にいると「自分は世の中とつながってるんだ」という気になるから、不思議だな。きっと不思議だよ。

言葉を失ってうるうるのロボットくんに、私は「大丈夫だよ、九十九でもお祝いできるから」と言った。ロボットくんは「ホントですか?」と言うので、私は「白寿」というものがあるということを教えてやった。

今時の若いやつだから、彼は「白寿」というものを知らない。「ハク・ジュウってなんですか?」と言うので、私は字を書いて教えてやった。

「このね、白の字の上にね、横棒一本足すと百になるだろ? だから九十九になると白寿って言うの。別になんかの獣のことじゃないの」

それを言ってから私は、ロボットくんにいろんなことを説明してやった。「君は五十だろう？　五十ってなんていうか知ってる？」とか。

五十を過ぎたロボットくんは知らないので、「知命って言うんだよ」と言ったら、案の定「チメーってなんですか？」と言って来た。私は「ふふ」っと残忍な笑いをもらしながら、「知命ってのはね、天の与えてくれた使命を知るってことなんだ。五十ってのは、そういう年なんだ。君は、自分に与えられた天の使命を知ってる？」と言うと、座ってたロボットくんの座高が十センチくらい低くなった。

「それって、誰が言ってるんですか？」と言うので、「孔子だよ」と言うと、彼は「先生は天の使命を知ったんですか？」と突っ込んで来た。私は、「もちろん」と言って、「でももう五十年近く前のことだから忘れてしまった」と言って、更に、「知って忘れてしまうのと、初めっから知らないままでいるんとじゃ、実質が違うからね。人としての実質が」と追い討ちをかけてやった。可哀想な彼は「うーん」と考え込んでいたが、いい加減な年寄りの言うことなんか信じるんじゃねェよ。年寄りが年寄りの話を始めたら、もう若い奴はついてけねェんだから。

「私はまだ百歳ではないけれど、別に百歳だからおめでたいという公式見解はないんだぜ」と言って、私は、九十九歳なら「後一歩で百」だから白寿というが、百歳を祝う言葉はないと教えてやった。

六十は還暦だが、七十は古稀だ。七十まで生きた人は古来稀れだから「古稀」なのだ。そこでもう古来稀れになるから、その先は「寿」をくっつけて祝うしかないのだ。しかも、だじゃれで祝うのだ。

七十七を喜寿と言うのは、「喜」の字を「㐂」と書いて、これが「七十七」に見えるからで、八十を「傘寿」と言うのは、「傘」の略字が「仐」で八十に見えるからで、たった三年生き延びただけで、昔の人は祝ったのだ。なぜならば、それが困難だったからで、八十を過ぎたらもう好きにすればよいので、八十三になってもなんの祝いもしない。八十八になって、やっと「米寿」になる。なぜ「米寿」かというと、あきれるだろうが、「米」の字を分解すると、「八十八」になるからだ。もう、文字遊びなんだぞ。人のことだからどうでもいいと思って、大喜利みたいなことをやってるんだぞと言って、なんで九十を「卒寿」と言うのかを教えてやった。

「卒」の略字は「卆」で「九十」に見えるから「卒寿」なんだ——というのは表向きで、そう言っとけば「人生は卒業でもうお祝いはしませんよ」ということになるんだと言って、

(ああ、腕がだるい。もらった外郎《ういろう》を食おう)

(どうして年取ると、うどんとか団子とか外郎とかぬらーっとした炭水化物ばっかりが食いたくなるのかな。あんまり、肉食いたいとも思わねェもんな。肉食うと、なんか体が「もっと生きることに前向きになれ」と言わされてるみたいな気になるから、それがしんどいんだよな。

団子だけ食ってて死んだ奴もいないとは思うがな)

(肉より団子で、団子よりは外郎だな。私が実はそういう清浄な体質であるということは、あまり知られてはいない。ま、今となっちゃなんにも知られてはいないが)

(ああ、やっぱり、外郎は桜の味が一番いいな。なんであいつは俺が外郎を好きだなんてことを知ってるんだろうか？　あいつは、名古屋の方の出身だったのかいな)

(あ、あ？　あ、外郎はな、喉に貼っつくからな。ちょっと、やばいな)

(ウエッぷ)
(ゲホ)
(喉越しはいいんだが、この年で外郎の喉越しを楽しんでたら、きっと死ぬな)

(そうか、団子食って喉詰まらせて死ぬ奴もいるから、団子ばっかり食って死ぬ奴ってのも、きっといるんだな。予想外の伏兵だ)

(ああ、雨が降って来た。夜の雨は風情があると言いたいが、七時過ぎてもまだ明るいしな)

(あーあ。「卒寿」で終わりにしときゃいいのにその先に「白寿」なんてあるもんな。生きちゃったからしょうがないってんだろうな。だから百寿なんてないんだな。役所から記念品もらうだけなんだな。でも最近じゃ、百一歳を「ダルメシアン寿」と言うんだってな。ディズニーも大変だよな。痩せて老人斑だらけだからダルメシアンてわけでもないだろうによ)

(百一匹ジーさん大行進というのは、バターン死の行進みたいなものだな)

（ああ、眠ってしまった。別に用もないのに興奮して字なんか書いているから、疲れて寝ちまうんだな。きっと後世の人は、「橋本治は死の寸前まで文字を書くことにこだわり続けていた」なんて言うのかもしれない——なんてことはないな。既に「後世」という概念はないからな）

（「東京はどうなってるの？」と聞いたら、あいつは、「なんかへんなことになってますよ」と言った）

東京は、超高層ビルの間に段ボールハウスやバラックが建ってるという、いたってへんてこりんな町になっているらしい。

プテラノドンが巣を作るような杉並木のはずれの仮設に住んでる老人からすれば関係のないことだが、大量の人が死んで大量の建物が壊れて、しかも生きてる人間が高齢者に近くなっちまってるから人手不足で、復興がそう進まないらしい。テレビは気楽なものしか映そうとしないから、深刻な実態は見えて来ないのだ。

（ホントにお前はもっともらしいことを書いて、そんな風に思ってんのかよ？）

（いいじゃねェか、思ってないわけでもないし。それに、文章にすれば二割方オーバーに表記されちまうもんだからしようがねェじゃねェか）

（日本語の宿命ね）

（まァ、どっちにしろもうすぐ死ぬんだから、警世の声を発したからって、どうってこともな

いな。死んだらこんなもん焼却炉だ）

（あーあ）

（あーあと言わねェと、先が続かねェな）

なんのために私がこんな記録をするのかは分からないが、東京の復興は遅々として進まないらしい。津波で隅田川が氾濫してスカイツリーの根元が水びたしになった光景はテレビで見たが、「無残やな」と思うよりもなによりも、私は『妖星ゴラス』のラストを思い出してしまった。巨大いん石が衝突するのを回避するために、南極に巨大なロケットエンジンをくっつけて地球全体を動かすというとんでもない映画だったが、エンジン付きの地球がゴゴゴと動くと、そのおかげで海も動いて東京全体が水びたしになってしまうという素敵なオチがついていた。「水びたしの東京」を利根川だかなんだかにミニチュアで作って、その水びたしを「よかった、よかった」と思って見ているラストというのは、今考えると「なにがよかったなんだよ」だが、見ちゃったものとしては仕方がない。東京は『妖星ゴラス』の最後みたいになったんだな。

水が引いたはいいが、ボランティアをやるはずの若者が、東京だから大量に死んで、千葉でも埼玉でも大変で、人が足りないからアジアの人間を呼ぼうとしたら、中国のばらまきのおかげで東南アジアの人間はそこそこ裕福になっちまったので、低賃金の復興作業にやって来る奴なんかそんなにいなくて、結局東京は、超高層ビルの周りに段ボールハウスやバラック小屋が建っているだけという、極端な天国と地獄状態になって、そうしたら、「東京はスラムだから、行ってかっぱらいを好きなだけやろう」という不良アジア人が一杯やって来て、もう東京はなんだか分からないらしいと言う。

あいつも、住んでるところは行田だからよく知らないとは言うが、行田ってどこだ？

（あいつは、ガンダムみたいな、ミサイル付きの喋るマンションに住んでんだよな）

（行田って、なんか田んぼ地帯じゃないのかと思って、「そんなとこにミサイル付きの重いマンションなんか建てたら沈んじゃうんじゃないの？」と言ったら、あいつは「はい、沈んでます」と言った。なんでも平気で肯定的に受け入れてしまう奴だが、もしかしたらそれが今の時代に必要な生き方なのかもしれないな）

行田はどこだか知らないが、隅田川とか荒川とか、そういうよく分からない川を渡った先の東京は危険な無法地帯だから、あまり行かないから、よく知らないのだと言う。

ほとんど『バイオレンスジャック』じゃないかと言うと、ガンダム系のロボットくんは、『バイオレンスジャック』ってなんですかと言った。

もう『バイオレンスジャック』を知らない大人がいるんだな。テレビじゃ毎朝、ジーさんのために四時から『お目ざめウルトラマン』をやってるというのにな。

毎週というか、毎朝怪獣に襲われて気がつけば平和というのは、『バイオレンスジャック』

を知る者にとっては、夢のように平和な話だな。

もう『水戸黄門』を見る年寄りも死んじゃってるから、夜明け頃はウルトラマンで、昼前は仮面ライダーなんだな。こないだ仮設の前で若いジーさんが「ヘンシン！」と叫んでライダーキックをやっていたが、「ああ、そうですか」と思うばかりだな。股関節がはずれなきゃいいが。

# 死にそうでなぜ死なないの巻

ひさしぶりに、自分が生きているのか死んでいるのか分からない気になった。

気がついたら目の前が暗かった。「ここはどこだ?」と不安になった。状況が把あく出来なくて、自分が生きているのか死んでいるのか分からなくなった。

心臓がドキドキしていて、「やばい!」と思った。よく考えれば、心臓がドキドキしているのだから生きているのに決まっているが、「死んだのかもしれない」と思った。

勇気を出して目を開けたら、いつもの仮設の部屋の中だった。目をつぶっていたら目の前が暗いのは当たり前だが、部屋の中も暗かった。眠ってたのが分かって、「今は何時なんだ?」と思った。「晴れてたよな?」と、眠る前のことを思い出そうとした。太陽がまぶしすぎて「ああ、目が疲れる」と思って寝てしまったのだが、くもっている。

(ああ、漢字が思い出せない)

「なんだ?」と思って首を伸ばしたら、部屋の中がひんやりしていて、「ああ、雲が広がっとるんだ」と納とくしていたら、ドドドドドッと、一気に雨が降って来た。仮設の屋根が抜けそうだった。

「これをしも夕立ちと言うのであろうか?」と思った。昔なら異常気象と言っただろうが、異常も慣れれば普通になる。きっとこのドドドは「集中豪雨」でカタをつけられるのだろうな。季節感もなにもないただのドドドが続くと、恐怖感より先に「うるせェな!!」の怒りが来る。

外はドドドで、中は「うるせェな!」で、内と外は打ち消し合って、老いの喉はかれたというより、どういうわけか腰が抜けた。しかしそれでもドドドドの雨は止まず、仮設の窓を見ると、大量のローションを上から流し続けるみたいに、ヌルヌルの上にヌルヌルが波状攻撃的に押し寄せて、見ていると屋根よりもこちらの方が危うく感じられて、私はなにか不気味な生物がそこから侵入して来るような気がして、窓の点検をするために「よいこらしょ」と立った。

(うーん、ここの「私」は、「老人」の方がよくないか?)

老人はなにか不気味な生物が侵入して来ないかと思って、「よっこらしょ」と立った。

(これはいい)

「老人は——」と書くと、他人事のような客観性が生まれて、自分のことではないような気がする。

新しい試みである。「老人は――」と書くだけで、文学の香りがするような気がする。

この年になってもまだ新しい試みをしてしまうのは、きっと作家の業だろう。

（ホントかよ？　文学なんてどうでもいいんじゃねェの？　業かもしれねェけど、作家の業ではないいな。大体、執着心はないし。執着心はないけど、この年になって来ると、文学に対するいやさはなくなって来るんだな。古畳と渋茶が似合う体質になるんだなァ。島崎藤村はしつこいが、田山花袋がじれったくなくなるんだなァ。別に共感は覚えないが、あの無器用さが楽なんだな。もう年だから、コツコツと一歩ずつ階段上るみたいなものに生理的な違和感がないんだな）

（三千円からコツコツって、なんだっけなァ？　意味もなく無駄な記憶が出て来るからやだよな。別にいやでもないけど）

古浴衣に破れ傘を差して雨の中に下駄履いて立ってれば、もう文学だな。俺は雨の中で外に出るなんてことはしないけど。「今時そんなもんが文学だなんて言う人は一人もいませんよ」なんて言う人間は一人もいなかろうけれど、俺は昔から好き勝手に人の言うこと無視して生きているから、「長生きした方が勝ちだ」と思わなくもないがなと、ある老人は言った。

（ただの「老人は言った」が「ある老人は言った」になると、また一つ趣は深くなるな。新機軸だ）

いつまでも「新しい試み」だ「新機軸」だなんて言ってるから死なないんだな。これはもう病気だ。いつまでも同じことやってると飽きちゃうんだ。病気だな、体質だもんな。

（眠気覚ましに水羊羹食おう）

（よいしょ。出張スーパーがここら辺まで来てくれるから、俺も生きてけるんだな。うまい水羊羹じゃないけど）

（あーあ、光源氏はなにしてたんだろ？　あの時代に水羊羹はないしな。蒸してプルプルになった羊の腸のゼラチン質なんてうまいのか？　臭くないのかね？　スパイスならあったかもしれないが、どんな味したんだろう？）

（水羊羹食いながら羊羹の本来形を考えてもうまいことなんかないな）

（水羊羹食わないで、光源氏はなにしてたんだろ？　テレビもないしな。新聞もないしな。吉幾三だな。娯楽というものがあるんだかないんだか分からない時代に、なんにもしなくていい貴族はなにをして暇つぶしをしていたんだろうか？　今の俺と、光源氏はおんなじなんだな。でもここで、「私は光源氏だ」と書いたら、「最後、橋本は錯乱して死んだ」って言われるな）


今の私は光源氏だ。

（あーあ、水羊羹の汁を垂らしてしまった）

(年取ると指先まで神経が行き届かなくなって、すぐ物を落とすな。食ってりゃ汁垂らしてシミだらけにしちゃうしな。当人はそのつもりもないんだけどな。でも、持ってるつもりでちゃんと持ってないんだな。脳はそこら辺を、ちゃんと把握してないんだな。どうでもいいと思ってるか、勝手にもう持ててると思ってるから、すぐ落っことし――)

(ああ、ああ、あああ、最後の水羊羹の一塊が紙の上に落下して、砕けて、私の字が水羊羹まみれになってしまいましたァ)

(あーあ、原稿は汁まみれ。ベトベトの小豆汁まみれ。それは私が、手で紙の上を拭いたから。「指舐めりゃいいか」と思っても、紙は舐めたくないしなァ。きっと今日は、水難の相の日なんだな。うっかり寝て起きたら、雨がザーザー降って来て、窓からは不気味な水が侵入しようとしていて、水羊羹は紙の上に滑り落ちるし)

老人が立って窓の様子を見ると、不気味な水棲生物のようにも見える雨水が、とめどもなく窓をヌルヌルに濡らしているだけだった。

(やっと漢字を思い出したか)

立ってみると、窓の方より屋根の方にドドドドと落ちて来る水の方が大変で、この老人は屋根に向かって「うるせェ!」と叫んだ。

屋根を打つ雨音は老人の叫び声を消し、叫びを消された老人は、ふとこの雨が屋根を突き破って家の中に入り込むのではないかと思った。

（ここら辺は、老人の心細さを綴る名文だな）

（あーあーあー、こんなところにまだ水羊羹のかけらが残ってたよ。あーあ、立って布巾を取りに行くだけでも大変なのに）

（よっこいしょっと）

（これで、大量の雨が流れ込んだら、私は水に浮かぶ布団に乗って、「ありゃりゃ」と思いながら漂って行くんだろうな。ドアを内側から開けて、「アブラカタブラー！」とか叫びながら、溢れ出た水に流される布団に乗ったまま、激流の坂を下って行くんだ）

（それにしても、あの仮設の前の坂はどうにかならんのか？）

いつか「これ使って下さい」と言って、バーさんが手押し車を持って来た。下の方が椅子になっていて、その座席部分の蓋を開けると中が荷物入れになってるやつだ。こんな太古の代物がまだあるのかと思ったが、こんなところの老人まで、高価な歩行補助ロボットは回って来ないわなァ。

私は贅沢言わないから、高価なロボットなんかなくてもいいし、手押し車なんかほしくもないが、「いらねェよ！」と言ってせっかくのバーさんの厚意を無にするのはなんだというか、相変わらずいい人面をしていたいので、「なんかやばそうな気がするな」と思いながら、外に出て手押し車を置いた。

理の当然だが、坂道の上に車輪を置いたら転がるわね。私もそういうことを後になって分かるバカだから、坂の上に手押し車を置いて、持ち手に手を置いて「さァ」と体重を掛け、一歩前に押し出した途端、手押し車は勝手に前へ進み、持ち手をつかんだ私は釣られて倒れ、前のめりに坂を下って行った。別の言い方をすれば、「全身で滑落する」だが。

だから私は、杖でいいのだ。こんなに何遍も何遍も転んで、それでもまだ立ち直って生きて行く私はなんなんだ？　不屈の精神なんかじゃないぞ。私には、なしとげなければならない目的なんかないんだから。

目的をなくした老作家は、あわわと言いながら、坂を滑り落ちるのだ。二メートルもない距離を。かすり傷ばっかり作って、おでこ打ってこぶまで作ってんでやんの。もう、老人の悲惨じゃないね。死ぬまで懲りずにやってるお笑いだね。

（一遍思い出すと漢字ばっかりだなァ）

屋根から水が怒濤のように流れ込んで来たら、私は布団に乗ったまま激流の坂を下って行くのだ。どこまでもどこまでも。行き着く先では動物達が濡れた体を乾かそうと、グルグル回りをしてるんだ。ドードー鳥はいないけど、ボランティアのバーさんと同じ顔をしたハートの女王が、みんなの交通整理をしてるんだ。不思議の国のジーさんだな。

（きっと、こんなことばかり考えているから、俺は死なないんだな。認知症も末期状態になると、部屋の隅に「黒い人」がうずくまっているのが見えるようになるというが、私には見えないな。巨大な山椒魚の口のところだけが鰐になってて尻尾がやたら長いのが部屋の隅にいたらやだなとは思うが、そんなものを勝手に想像しておもしろがってるから、死んでもいい年になっても死なないんだ。「いつまでもお元気ですね」って、お元気やってる方の身になってみろ。光源氏レベルですることなんかないんだぞ。回顧録書こうったって、みんな忘れちまったから書きようがないんだ。科学の進歩ってやだな。うっかり「これが私の最後の言葉だ」って書いて、それから十年も二十年も生きちゃったらどうすんだろ？　大恥だぞ）

こないだ民生委員というものがやって来て、「橋本さん、来年百歳ですよね。肺炎なんとか予防の注射が出来ますからね。連絡が来ませんでしたか？」と言って去って行った。

まだ来てなけりゃ、その内来るんだろうさ。そうまでして生かしときたいかね？　老人が一番簡単に死んじまうのは肺炎なんだから、そんなもんの予防なんかせずに、放っときゃいいじゃないか。自然に任せりゃいいんだ。自然の方だってだいぶ狂ってるけどな。大雨降ってもすぐ止んで、晴れるとすぐに暑くなる。日光の杉並木がボルネオになってどうすんだ？　近所のカミさんが「トカゲが大きくなってる」って言ってたが、その内に杉並木が巨大なシダの林に変わるぞ。そうするとまた、プテラノドンが来るかもしれねェな。

プテラノドンを撃墜したって、またどっかのバカ科学者がクローン再生なんかやるかもしんないしな。早くクローン再生禁止法を通してくれないと、ここら辺をステゴザウルスが歩き回るぞ。どっかのバカ官僚は、「ステゴザウルスは草食性で安全です」って言うかもしれねェな。ティラノザウルスが出来るまで放っとくのかね？　シベリアの方じゃ、サーベルタイガーが復活して、観光客を襲ったって言うけどな。まァ、観光客というのは有害な生き物だから、へんな目に遭っても自業自得だけども。

こんな風に次から次へと考えが湧いて来るのは、脳の活動が活発だからだろうか？　まとめる能力がなくて思考が散乱して、あっちこっちへ行ってしまうのは、やっぱり脳の活動の衰えなんだろうか？

ま、とうの昔に私は、まとめるなどということを放棄しているが。

なんでまとめなきゃいけないんだ？　私にはそんなことをしなきゃいけない理由がない。なにしろ、方向がなくて目的がないんだから、まとめるなどということが起こるはずはない。「まとめる」というのは大変だぞー。すごく体力がいるぞー。まとめようとしたら、それだけで脳が折れて寿命が十年縮むぞー。

（そうか、だったら、それをやればいいんだ。寿命が縮むんだし）

でもやだね。寿命が縮むかどうかの前に脳に体力がなくて、「まとめるように」という指示を出したら、脳は疲れて壊れちまうもんなァ。それくらいは分かるのよ。

大体ねェ、あなた、校閲者の存在を意識しないで原稿を書くのがどれほど自由なことであるか。

（これは原稿じゃないけどな）

なに書いてもいい、いい加減なこと書いてもいい、漢字が違ってってもいい、送りがなが間違ってても文句を言われないというのは、本当に自由だ。送りがななんて便宜的なもんで、とりあえずのルールしかないんだから。国語の試験返されて、へんなところに×が付いてたりして、「こんなことどうでもいいじゃないか」と思っていた子供時代の呪われた記憶がやっと消えたんだ。もう死んでもいいな。

（ということを言っても死なないんだな。ヘトヘトのガタガタのこぶや擦り傷だらけになっても、まだ死なないもんな）

その昔に「安楽死を認めろ」と言ってた人間がいたな。どっかのバーさんだったな。そういうのが「安楽死を認めろ」と言うのは、自分の老残をサラしたくないだけの話だわな。生きて老残の姿を晒すの。それに堪えて生きるの。滑って転んで骨折って、ヨタヨタレロレロになって生きるの。そういう自分に堪えるの。それが人生なの。

ああ、涙が出そうになった。

（ああ、このベタベタは涙じゃなくて、水羊羹の汁痕だ）

安楽死なんかなくてもいいけどよ、なんで十年ごとに肺炎の予防注射をしなきゃいけねェんだ。「効果は十年です」と言って、十年たったらまたワクチンしましょうねって、そりゃ、無駄な延命治療じゃないか？　来年百になる俺に肺炎予防のワクチンを接種させて、百十歳まで生きさすの？　百十くらいになったら、もう肺炎のワクチンはしなくていいんだろうか？　肺炎だとさっさと行っちゃうから、それは放っときゃいいんじゃねェかな。そういう無駄な金を使ってる余裕があるのかね？　この金が足りないご時世に。

「頑張ろう日本！　もう一度、東京！」なんていう、へんなキャンペーンをやらなくていいよ。

昔誰かが「東京大改革」とか「東京を世界第一の都市に！」とか言ったおかげで、地方の人間がますます東京にやって来て、社会保障が追いつかなくなって、治安はますます悪化して、地方の過疎化はこれに反比例して進行して、どうにもならなくなっちまったところで大地震だからね。もう、東京なんか復活しなくていい。江戸時代のレベルで、江戸は人口世界一の大都会だったんだから、もうそういうのはいい。関東平野がでかいのがいけない。平野一杯分全部東京になっちまったじゃねェか。昔みたいに山に帰れ。関東人の本拠地は秩父でいいんだ。

（なんか疲れた。うっかりするとまともなことを書いてしまう私は、異常なのかな。まァ、現状に文句ばっかり言ってるありふれた老人の一人だと思えば、その通りだけどな）

老人はなぜ文句を言うのだろうか？

（老人だからだな。体は不自由だし社会的地位も権力もなくしてるし、なにに関しても、ましだった時期よりはよくないからな）

老人であるがゆえに、老人は文句が多い。

老人とは、存在自体が不本意である、生きた自己矛盾である。

（そうですね）

（ああ、一人で勝手なこと書いてると、誰にも突っ込まれないからいいな。それで文句ばっかり言って、まとめる能力をなくして、ボケは天からの贈り物になるんだな。しかし、いくらボケても、快不快の区別だけはつくっていうからな。なにがなんだか分からなくなって、それでも不快だけはしっかりと感じるというのは、地獄のようなもんかもしれねェなとは思うが、生まれたばかりの赤ん坊だって、なんにも出来ない中でしっかりと不快は感じて泣くもんなァ）

（赤ん坊と年寄りの違いは、ハタから見て可愛いか可愛いくないかの違いだけだな）

（ああ、かき氷が食いたくなった）

（食いたいと思うだけ。あんなもん口に入れたら、神経過敏で脳味噌がめちゃくちゃになってしまう）

（無理なくせに思い出だけは残ってるから、年寄りはそのジレンマに苦しむんだな。どうして、美しい思い出だけを抱えて静かに生きるということは出来ないのか？）

（まァ、その理由は分かるけどな）

（あんまり長いこと美しい思い出を撫で回してると、思い出の角が取れて、なにが美しくて幸福だったのかどうかも分かんなくなっちまうからだな）

（それで多くの老人は、なんだかよく分からない記憶を抱えたまま、ボーッとして生きてるんだな。下手に体力があると、「いや、擦り減ってはいない、あの思い出はまだ美しいままにある！」と思って、へんな気を起こして立ち上がるんだな。なんで諦めねェのかな。「諦めが悪い！」っていう教育を受けなかったんだろうか？）

（受けてないな。しばらく考えると、分かるな。あんまり、活動してほしくないよな、脳味噌には。また肺炎の予防注射受けて、死なない方向で生きなきゃなんないし）

（やだね。時代の業だね。戦争から復興しなきゃなんないし、復興したらしたで、世界一にならなきゃなんないし。そこに大災害が来たら、前向きになって「復興しなきゃ！」になんなきゃなんないし。「負けるな日本」で「頑張ろう日本」でなァ、そんなに何遍も頑張んなきゃいけないのは、どっかに根本的な考え違いがあるかもしれないかもしれ、れれれ）

（ああ、めんどくさいことを考えると、頭の中がこんがらがる。がら、がる？　へんに前向きにならない方がいいとは、この老人のことでもあるな。昔っから私は、諦めが悪いからな）

（「諦めが悪い」ということを自覚している人間には、人の往生際の悪さが分かっちゃうんだよな）

（絶対に私は、「誰かに見られる」ということを意識してこれを書いている）

絶対に私は、これを誰かに見られるという前提で書いている。

見てるだろう？

はっきり言えば、もっと積極的に「誰かが読んでくれないかな」と思って書いている。言葉を発するということは、発する自分が思考する自分に、「こう言うよ、こう言ってるよ」と無意識的に話しかけることだから、モノローグは自動的にダイアローグになる。だから「誰に見せる気もない」と言ったって、人間の演技本能は「人に見られるように」という方向へ動いてしまうのだ。

(あーあ、哲学的なことを書いてしまった)

(暇な人間が自分の中を突つき出すと、どうしても哲学的なことになってしまうというのは、そもそも哲学が、どうでもいいことを突つき回す無駄な体力のある人間が始めたことだからだ——と言って、断言しちまってもいいものかなァ。まァ、他人のことだから知らないが。いいだろう、こっちはその内死ぬんだから)

(年取ってわけの分かんないことを言うと哲学的に見えてしまうのは、落書きを「アートだ」と言うとアートになってしまうのと同じだろうな。深遠な意味が生まれるのではなくて、それなりの値段が付くというところで)

(はい?)

(誰か来たのかな? 黒い人だったらやだな)

# 人生は消しゴムだの巻

東京都から手紙が来た。

例によって、なにが書いてあるのか分からない。字が小さすぎる。どうして役人は、自分達の立場ばかり説明して、「なにが言いたいのか」をはっきりさせないのだろう。

ドサクサ紛れに拡大鏡を紛失して、そんなものどこで売ってるのか分からないから、小さな字なんか読めない。でも、役所から送られて来る文章は全部、読めてもなにを言ってるのかが分からない。自分達の立場を守る言い訳ばっかりが続いているからだが、それが「言い訳」だと分かるのに二十年がかかった。「越度がないように」と思って言い訳の上に言い訳のような文章を書くと、読んでも分からない文章にしかならないということを、どうして理解しないのだろうか。簡潔で漢字が多い短い文章もひたすら重ねると、読んでも分からない、どこに中心があるのか分からない文章になる。だから、なにを言ってるのか分からない。分からない上に、どこかに罰則が潜んでいるんじゃないかという気になる。どこかに鰐が潜んでいる草原の前に立たされて、ただ「進め」と言われているようなもんだ。そういうこわさを役所の文書は隠し持っている。だから、焦点が合わないんだ。三年くらい放っぽっといたままにしとくと、「ああ、どうでもいいんだ」ということが分かるはずだが、三年放っぽっといたら、手が後ろに回るか、莫大な金を払えと言われることにもなる。やだやだ。

どうやら、東京の私の家を「壊せ」とか、「壊していいか?」というような話らしい。

壊していいよ。どうせ、ひびが入って傾いてんだから。階段がひしゃげてんだから、年寄りは上に行けない。木造なら、焼けてなくなっちゃうからいいけど、一遍火を浴びたコンクリートはね、そのまま建ってても、さわると崩れそうでこわいやね。外階段なんか、鉄の手すりが見事に酸化して、セメントの下を支えてる鉄板も歪んで笑ってるみたいなもんだから、勇気ある人は上がってみりゃいいやね。

「壊していいよ」って話なら、奥多摩のジジー仮設に入った時に言ったのに、なんでそれが通んないの? まァ、そういう点でソゴがあるだろうということは、想像がつかないわけでもないが。「誰にでも分かる」というつもりでなんだかよく分からない唐突なことを言ってくる奴と、世間の言語とは違う言語を使っている人間の話が一致をするわけはない。

(それは俺だが)

なに言ってんだろうな、東京都は。

「壊れかけてるお前の家は地域復興の邪魔だから壊せ」というようなことは言ってるな。

（もう、字が小さいから読めねェんだよ）

（暑いなァ。俺がひどいのは、老眼じゃなくて乱視なんだ）

（ああ、水羊羹でも食おう）

（身寄りのない稼ぎは年に五万円のジジーになにが出来るっていうんだ。合わない眼鏡を買い換える金もないのに。大体、見た目の上では足と足首から下はつながってるように見えるが、中じゃろくに神経はつながってないんだ。だから、すぐよろけて転んでばっかりいるんだ。足と足首の接触がよくないってのはずっと昔からで、「その内歩けなくなるんじゃないか」と思っていたのが、まだかろうじて立てて、うっかりすると素っ転んでおたおたと歩いているのは、へんなところで悪運が強いからだろうな。神の恵みでは、多分ないな。神々の遊びかもしれないが、複数形になる数の神様なんか信じてないしな。神様は神様で一人だろうがよ。人と見合うだけ、一対一対応で神様がいて、他人の神様は見えないから、神様は一人でいいんだ）

（老いるとネタ切れで哲学的なことを考えちまうけど、それこそ「神々の遊び」だわな）

（どうして私には哲学がよく分からないんだろうか？　きっと、哲学は俺向きに出来てないからだな）

（昔、『よく分かる哲学』とかっていうような本が贈られて来た時、「どうして分かりやすく書かれたものがこんなに訳が分かんないんだろうか？」と思ったが、向いてないんだな。でかす

ぎるか小さすぎるかする、足に合わない靴みたいなもんだな）

（ああ、また水羊羹の汁こぼした。歩きながら水羊羹の蓋開けて食うのはやめろって、分かってるんだが、つい蓋開けちゃうんだな。「惚けたかな」と思っても、昔からその程度の惚け方をしてる人間には身に沁みないわな。困るのは、羊羹の汁拭くのに一々体屈めなきゃいけないことだけで、そのことを忘れてるから、平気で立ったまま水羊羹の蓋を開けるんだな。我ながら、少し情けないかもしれない）

（流しに続く獣道のような狭い空間の炬燵《こたつ》布団の端に老いた私が倒れていて、そのそばに蓋を取った水羊羹のパックが転がっていたら、殺人事件だとは思わなくても、警察は一応「変死」として調査はするんだろうな。ポットの監視カメラに映像は残ってるだろうに。その時に鑑識は、汁垂らして転がって行った水羊羹の毒物検査はするのかな？　死んでる私が口の端から涎かなんか垂らしてたら、やるのかもしんないな。水羊羹毒殺事件な）

（しかし、誰がこんな老人を毒殺しなければいけないのだろうか？　放っときゃその内死ぬのに。私には、財産などというものがないのに）

（財産と言えば、中東の砂漠地帯に建っている廃墟みたいなコンクリートの建造物だけだしな。あ、そうか、敷地も俺のものか。借地にしときゃ面倒なことはなかったのに、「等価交換すれば敷地の半分はこっちのものになるから、家を建て直せばいい」などと、死んだ母親が余計なことを考えたおかげで、こっちは厄介なものを背負い込んだんだ。「家を建て直せばいい」って、自分の住む家だろうがよ。二十年、三十年ローン組んで家建てても、ローンを完済した時には修理が必要な中古住宅になって、財産価値がなくなっているということに、どうして日本人は気がつかなかったんだろう？　知らんわ。年寄りの考えることじゃない）

（ああ、一戸建てだと自分の家がぼろくなったのに気づくかもしれねェが、マンションだと一人で「ボロくなってるよォ」と言ってもどうしようもないからだろうな。木の葉を隠すなら森の中――そうか、マンションブームにはそういう隠された事情もあったのか）

（ああ、水羊羹がうまい。年取った孤独な老人は水羊羹だけ食ってればいいってことにすればいいのに。外気温四十度でエアコンの設定温度を二十八度にしたって、なんの効果もないぞ。こんなことしてたら、一年中水羊羹を食い続けることになっちまう。東京に比べりゃ、ここは平均気温が低いはずなのになァ）

（すごく暑いから、エアコンの設定温度を下げてガンガン冷して下さいって、そんなことしたら室外機の熱で外気温は上がるだけじゃねェか、いっそ死んでくれとはなぜ言わねェんだ。別れろ切れろは芸者の時に言う言葉だからだな。by泉鏡花って言っても、どうせ誰も知らねェな）

そうか。すべては私が東京に土地を持っているからいけないのだ。東京都に土地を寄贈してしまえばいいのだ。私はもうすぐ百歳の年寄りで、身寄りもなく、毎月八万円の年金の他に稼ぎといえばキトクな人がくれる五万円とかそんな程度の原稿料だけです。

（それでもあるだけいいのか？　うっかりすりゃァ「原稿料収入ってなんですか？」って言われるよな）

どうとかしろと言われても栃木県の辺境にある仮設住まいの身としてはどうにもなりませんから、私は残った建物と敷地の所有権も放棄して、東京都に寄贈いたしますという手紙を書こうと思ったが、哀れなことに私には、紙がなかった。私は、自分の書いた原稿の裏に字を書いているだけだから、普通の白い紙がない。よく考えたら、封筒もない。封筒なんかなくても、書いた紙を丸めて封をして切手を貼ればいいのだが、困ったことに、私のその紙は裏にも字が書いてある。そこに宛名を書いてもなんだか分からないだろう。大体、行替えなしにやたらと字が書いてある原稿用紙の裏に、筆で「私の土地を上げます」なんて書いても、頭のおかしいジジーが書いたもんだと思って、都庁の役人は見ないだろう。見たって、「危ないから近づくのよそう」と思うだけだ。昔、都庁の見える病院の窓から、毎晩都庁の灯が消えて行くのを見ていた仲なのに、そんな昔のことはもう誰も知らないだろう。

（ああ、なんかホントに、だんだん危い老人の思考にそっくりになってしまった。ただ、私が両面真っ白な紙を持っていないというだけの理由で）

（大体な、七十までローン返すのに躍起になっていた人間なんだ。「もうローンないんだから、好きなことやれるでしょ。原稿書いて下さいよ」って話はなんなんだ？　こっちは完済の手前で疲れ果てて死にそうになって、完済したらほっとして、生きるモチベーションをなくして死ぬかもしれないくらいボーッとしてたのに、「仕事終わったら、気分転換にこっちの仕事してね」というような話はあるんだろうか？　若い時ならやったかもしれないけどな）

（ああ、こういう態度がいけないいんだ。なんだって俺は無意味に前向きなんだろう。クソ暑いのに。平成三十年の間に、俺は五億円以上の金を銀行に払ったぞ。なんの見返りもないのに。「払います」っていう書類にハンコを押したばっかりに。それだけ働いたら、ローン返し終わった段階で疲れ果ててもいいのに、まだ生きてる。誰も、「ご苦労さん休んで下さい」とは言わない。言われたって困るんだけどね。稼ぎはみんな銀行に持ってかれて、完済した時には、リフォームか解体費用が必要な中古の不動産物件以外に、財産なんかなんにもない。貯えなんかなんにもない。七十過ぎて貯えゼロって、どういうことだよ。まるで、旧約聖書の神の怒りに触れたようだ）

（そうだ、こういうことを書いとかなくちゃいけない。私はただのバカではありません、変転する社会に翻弄されて真面目に生きたただの日本人です、ということを――）

私には貯えがない。東京大震災が家を解体する手間を省いて傾いてくれたのがありがたい。（やめたがいいな。もろ、悲惨な愚痴だもんな。これで私がすぐ死ぬんだったらいいよ。でも、死なないで「私は七十まで奴隷労働をして、結果、貯えゼロでその後を生きました」なんてことを書いて、そんな明文化されたものを見続ける結果になったらどうすんだよ？　悲惨なものに焦点を合わせると、合わせただけ無意味に悲惨度が上がってロクなことはない。悲惨の一歩手前でヘラヘラ笑っているのが生きる秘訣だ。「楽しいか？」と問われて、「そりゃ、ヘラヘラ笑っていられるから楽しかろうよ」と答えるしかないな）

（あ、書くんだったら前向きなことを書いとけ、その方が体にいい。今更、長生きしようとは思わないけどな）

悲惨なことを、直視しても仕方がないのであります。悲惨は悲惨で、直視したって気が滅入るだけでありますから、「それはそれとして」でヘラヘラ笑っているのが一番なのであります。

（俺個人としては、東京が震災から復興なんかしなくたってかまわないけどな。もうすぐこっちは死ぬんだし。福島の原発だって、まだ生きて放射能を吐き出してるんだからよ、そう簡単に物事は終わらんよ）

（東日本の時だって、ほんとのこと言ったらみんなに嫌われると思って、少なめに少なめに見積って「原発処理は十年かかる」なんて、初めっから見えすいた嘘をつきやがって、三十年たってもまだ終わんないんだよ。もっとか？　四十年たっても終わんないんだ。何年前の話だよ。俺が六十いくつかの時だけど、ああ、引き算が出来ない。いいやもう。目途がつかないま

んま、みんなで「忘れた」ってことにしてるだけなんだから）

ああ、人生は消しゴムのようなものだ。いくら使って消して行っても、使いきるということは起こらないのだ。そうなんですよ、皆さん。

（俺は誰に話しかけてんだ？）

（そういう形で人恋しさを表現したっていいじゃないか、九十九ったら、もう老いの極北だぜ。南を目指しながら死んで行く、突然の氷河期に出遭った恐竜の生き残りみたいなもんだ。そうなんですよ、皆さんよ）

子供の時に、消しゴムのカスを一生懸命作った記憶はありませんか？

（ああ、嘘でも他人に向かって話し掛けるようにすると、人格が丸くなるような気がする）

一生懸命消しゴムこすってさ、ゴムのカス作ってさ、それを他人の頭に振りかけるの。そういうの、競争してやりませんでした？

（きっと、やらないんだよな。そういうバカげた体験は、俺だけなんだ。修学旅行に行ったら、次の日必ず喉嗄《か》らして「声が出ないぞ競争」やらなかった？　って言ったら、ただひたすら「えー!?」と言われた。確かに、高校生になってまで修学旅行の後に学校へ行って声を嗄らしてたのは俺ぐらいかもしんないよ。でも、中学だったら、みんな声嗄らして学校来て「こんなに声嗄れてる競争」しただろって言ったら、「えー!?」と言われた。「えー!?」と言いたいのはこちらだ。「なにもないところへ来てしまった」という、本多繁邦の気分だわな）

(三島由紀夫って、初めっからメンタルは年寄りだったのかもしれないな。人間は意外と、自分が初めに予期したところに戻って行くのかもしれんな。川端康成だって)

(あ、いかん、こんなこと考えてるから死なないんだ。もっと頭を鈍くせにゃいかん。『楢山節考』のおりん婆さんは、楢山に捨てられる年になっても、まだ歯が丈夫なことを恥かしがって、石臼で自分の歯を欠こうとしたもんな。私も、まともなことを考える能力をなくすような努力をしなければいけないのだ。そうしなければ、二百歳で生きるミイラのようになっても、横たわりながら、まともそうなことを言ってるぞ。気味が悪い)

(ただ問題なのは、私が純粋に頭のいい人ではないということだ。私は初めから、かなりの部分バカだ。自分のバカを保持していないと、自分がだめになると思って、バカをなくさないようにしていた――それで長生きしちゃったのではないか？　だったらもう、二百歳までヘラヘラ笑って生きるしかないのだろうか？)

(ああ眠い)

(収拾がつかなくなると眠ってその危機を回避しちゃうから、私の脳は簡単に死なないのかもしれ――)

(ああ、眠ってしまった)

(なにしてたんだっけ？)

（「一生懸命消しゴムこすって」って、なんの話だ？）

（ああ、人生は消しゴムって話ね。そんなことより暑いよ。汗でベタベタだもん。一々起きなきゃいけないのがやだね。ずっと寝てるわけにいかないのかね）

（暑い。麦茶飲もう）

（年寄りは自分が喉渇いてるかどうか分からなくなると言われるが、私は水分ばっかり摂ってるな。だから死なないのかな。消しゴム理論だね）

（よいしょ）

消しゴムは、いくらこすってもそのまま消滅しない。最後、小さい丸の塊になって、それ以上は小さくならない。あるいは、そうなる前に、二つか三つに割れてしまう。割れて小さなカケラになったものを、なおもこすって小さくしようとしても、結局小さなカケラが更に割れてもっと小さなカケラになるだけで、そのカケラは消しゴムとしての機能を持たない。ゆえに、消しゴムはすべてを消しゴムのカスと化して、消しゴムの機能をまっとうするような形で消滅することはない。小さくなって「ああ使いにくい」と思われたら、その段階で捨てられてしまう。友達同士で消しゴムのカスをかけっこしていても、小さな丸やカケラになったら、そこで終わりだ。消しゴムのカケラを相手の頭に振りまいても、それはルール違反だから、小さくなった消しゴムはゴミ箱に行く。それをしない奴は、物事のルールを理解しない奴だ。

（あ、なんだっけ？　そうだ）

ゆえに、人生は消しゴムに似ているのですよ。

（こういうことを考える頭は、緻密なのかねェ？　バカかもしんない。柔軟かもしんないけど、きっとバカだな。バカの方が長生きするから、みんなバカになりましょうと言って、年寄りがバカばっかりになったら困るだろうな。もういい年なんだから「惚けないように」なんてことは考えなくてもいいのかもしれないな。去年だか一昨年だか、熱中症で病院に運ばれて、「なんかおかしい」ってあちこち検査をされて入院してた時なんか、なんにもしてなかったもんな。書くもの持って病院に行かなかったし）

どうせ人は信じてくれないだろうけど、私は頑張り屋なので、入院なんかしちゃうと、その反動でなんにもしなくなってしまう。「ああ、なんにもしなくていいんだ」と思って、なんにもしなくなってしまう。そうしていると、いろいろ頑張ったおかげでガタの来ていた体の部分が、ポコンポコンと故障表示を出すようになって、余分な病気が見つかってしまう。

（そうか？　なんにもしないでいりゃいいんじゃないか。放っときゃ、長い間使ってガタの来ていたもんが壊れて、冥土の旅の一里塚にはなるな。そういうことだ。そういうことだから、町に出て封筒と便箋を買って来よう。移動スーパーじゃ売ってないしな。「封筒なんかいるんですか？　今ならみんなメールですよ」だもんな。でも私は、アナログの人なの。有機生命体はみんなアナログだから、デジタルは体に悪いの）

（うっかりこんなこと考えてしまうから、うっかり生きてしまうんだなァ。そんな、生きたいなんて思わないもん。そういうもんは、希望や執念のある人だけが考えてりゃいいんだって。まァ、もしかしたら、希望も執念も似たようなもんかもしれないな

(またそういうことを考える)

(って、でもなァ、長年の癖だからなァ。依存症に近いのかもしんないな。「今日も私は考えませんでした」って、毎日日記につけた方がいいかもしれないな。そうしたらきっと、つらくて死ぬね)

(あーあ、やだやだ)

(うわっち、外は暑い。死ぬほど暑い。板子一枚下は地獄より、板の一枚外は地獄だね。こんな日に町行ったら死ぬね)

(生きてたくはないのに、しんどい思いして死ぬのはやなんだな。矛盾だが矛盾を恐れるな。人間は矛盾した生き物なんだから)

「あ、この暑いのにすいません。大変ですね」

(ベトナム人だからそんなに言葉が分からない)

「暑い、暑い、手紙です」

(そう言って郵便配達のお兄さんはバイクで去って行ったが、なんの手紙だ? また東京都からの手紙だったらやだぞ)

（そうか、手紙もらっても読めない惚け老人のふりをすればいいのか。そうか、そうなんだ）

（そんなこと言って浮かれてて、また転んでも知らねェぞっと）

（眼鏡、眼鏡）

（え？　なんだって？　「みんなで元気に百歳を迎えよう会」――なんだこれは？）

（やだよ、やだよ、また団塊の世代だ。「みんなで元気に百歳を迎えましょう　Ｙｅａｈ」ってなんだよ。百歳のジジーがＴシャツにＧパンでギター弾くの？　百歳の白髪ババアは、欠け落ちたソーメンみたいな白髪の長髪で、タンバリン叩くの？　ホントにもうやめてほしい。こっちは、瘠せ衰えたジーさんが羽織袴に下駄履いて、肩組んで大声で寮歌唄ってた寮歌祭の光景が「年取ってからやってはならないこと」というトラウマになっているのに、「百歳のフォークジャンボリー」か？）

（しなくていい――ああ、やってもいい。やるなら勝手にやって。こっちを巻き込まないで。どうして団塊の世代って「みんな一緒」が好きなんだ？　私ァ嫌いだよ）

（どうしてそんなに、なにもかも蹴飛ばして前向きなんだろう？　「みんなで百歳」は言っても、「みんなで冥土」は言わないんだよな。言ったらガイアナの人民寺院か。どうせもう誰も覚えちゃいなかろうが。そういう脳天気さが長生きの秘訣か？　俺、年ごまかして「まだ八十です」ってことにしようかな）

（いい加減、俺のことなんか忘れてくれって。眠いんだから）

（あ、これいいな、絶筆にしよう）

いい加減、俺のことなんか忘れてくれ。眠いんだから。

絶筆

（自分で絶筆って書くバカもねェな）

# あとがき

既にお分かりとは思いますが、この作品はフィクションです。その証拠に、二〇一七年が終わった段階で、私まだ六十九歳です。

二〇一六年の初めか二〇一五年の終わり頃に、『群像』誌から「三十年後の近未来特集をやりますから、小説書いてくれませんか」という依頼があった。『群像』は時々そういうふざけた特集をすると思ったが、よく考えたら、与えられた特集のテーマを私が勝手にへんな風に扱ってしまうだけだった。「十二星座の小説特集をするので、あなたの誕生星座の小説を書いて下さい」と言われて、「あ、時代小説にしよう」などととんでもないことを考えたり。

「三十年後の近未来」に関しては、ちょっとだけ真面目に考えた。「三十年後の近未来」を考えたら、今や誰だって絶望郷《ディストピア》だろう。そのことを当然として、みんなよく平気でいられるなとは思ったけれど、「じゃ、どんなディストピアか？」を考えたら面倒臭くなった。ご依頼は原稿用紙二十枚程度の長さなので、「その程度じゃ、ちゃんとしたディストピアの構築は無理だな」と思って、楽になった。

私は、楽になるとろくなことを考えない人間なので、「ディストピアを書くったって、現在の自分の立場を安泰にしておいて、暗い未来を覗き見るんだろう？　それってなんか、フェアじゃないな」と思い、「そうか、自分をディストピアにしちゃえばいいんだ」というところへすぐ行った。その頃の私は「もうすぐ六十八」だったから、三十年後は「もうすぐ九十八」だった。「ゲッ、やだな。まだ生きてんの？」とは思ったが、同時に「三十年以内に首都直下型地震の来る可能性は七〇％」という話を思い出して、「俺もディストピアなら周りもディストピアだ」と思ったら、気分的に楽になった。

それで、一作目になる「九十八歳になる私」を書いたのだが、それを読んでゲラゲラ笑ったらしい『群像』編集部の原田博志氏が、「これ、連載にしてくれませんか？」と言って来た。言われてちょっとだけ、「えー!?」と思った。私は昔の怖い時代を知っているので、そんなことをしたら「ふざけんじゃねェ、文芸誌をバカにすんじゃねェ！」みたいな怒られ方をされるんじゃないかと思ったが、「そんなことどうでもいいじゃねェか」という気もあったので、「やる」と言ってしまった——「でも、どっと疲れるんだけどねェ」と言って。

自分を三十歳カサ増しの「もうすぐ九十八」に設定してしまうと、かなりきつい。二十歳の人間の三十年後は五十歳で、それを「やだな」とは思うだろうが、そう思う当人はまだ若いから、他人事のように扱えたりもする。ところが、六十八になっちゃう私は、もう若くない。本文にもあるように、私は「全治のない難病」の持ち主なので、そんなにピンシャンともしていない。「これがもっとガタつくんだろう」と思うと、へんなリアリティがある。「九十八歳になる私」を書いた後、一、二週間は「自分が今いくつなのか」が分からなくて、本当に九十八の老人になったような気がしていたから、正直なことを言えばわりとしんどい。「しんどいけど、やばい綱渡りをやってみるのもいいか――」と、文福茶釜の気分で、この近未来空想科学私小説を始めてしまった。「そんな老人が毎月元気で原稿書いてるのもへんだから、時々休んでいい？」と言いながら。そして、正確さなんかも無縁のまま。

そうしてこの近未来空想科学私小説は始まったのだが、よく考えなくても、「これは私が死ぬとめでたく終わるの？」というようなもので、老いの先のその先はとなると、視界が開けるようなものでもなく先細りなので、十回くらい続けた頃に「もうやめてもいい？」と言ったが、『群像』の原田くんは「一冊の本にしたいので、もう少し」と言った。それで私は、力なく「じゃ、もう少し生きてみます」と言った。本当の話だよ。

生きるのは大変なんだから。

草々

二〇一七年十二月吉日

橋本　治

初出　群像

短篇「九十八歳になる私」（二〇一六年三月号）と、連載「九十八歳になった私」（二〇一六年七月号～九月号・十二月号・二〇一七年二月号～四月号、二〇一七年五月号～九月号より「九十九歳になった私」と改題）を長篇小説として書籍化しました。

**橋本 治**（はしもと・おさむ）
1948年、東京生まれ。東京大学文学部国文科卒業。イラストレーターを経て、77年、小説『桃尻娘』を発表。以後、小説、評論、戯曲、エッセイ、古典の現代語訳など、多彩な執筆活動を行う。96年、『宗教なんかこわくない！』で新潮学芸賞、2002年、『「三島由紀夫」とはなにものだったのか』で小林秀雄賞、05年、『蝶のゆくえ』で柴田錬三郎賞、08年、『双調 平家物語』で毎日出版文化賞、18年、『草薙の剣』で野間文芸賞を受賞。19年、逝去。

# 九十八歳《きゅうじゅうはっさい》になった私《わたし》


二〇一八年一月一一日　第一刷発行
二〇一九年四月　一日　第三刷発行

著者――橋本《はしもと》　治《おさむ》





発行者――渡瀬昌彦
発行所――株式会社講談社
東京都文京区音羽二―一二―二一
郵便番号一一二―八〇〇一
電話　出版　〇三―五三九五―三五〇四
　　　販売　〇三―五三九五―五八一七
　　　業務　〇三―五三九五―三六一五

印刷所――凸版印刷株式会社
製本所――株式会社若林製本工場





ISBN978-4-06-220914-4